Œuvres&thèmes
CLASSIQUES HATIER

Collection dirigée
par Hélène Potelet et Georges Décote

Molière

Les Fourberies de Scapin

Texte intégral

Groupement de textes
La farce, hier et aujourd'hui

Et un dossier Histoire des arts
Les troupes de théâtre

ISBN 978-2-218-97849-4
ISSN 01840851

Évelyne Amon,
certifiée de Lettres modernes

SOMMAIRE

Les Fourberies de Scapin

CARNET DE LECTURE

QUESTIONS SUR...

BILAN DE LECTURE

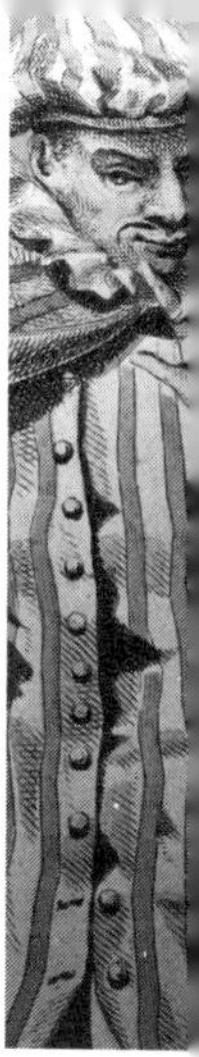

GROUPEMENT DE TEXTES : LA FARCE, HIER ET AUJOURD'HUI

DOSSIER HISTOIRE DES ARTS : LES TROUPES DE THÉÂTRE

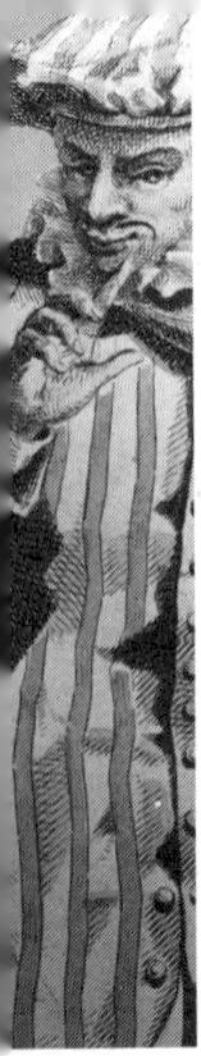

L'AIR DU TEMPS

Le contexte historique

► À partir de 1661, Louis XIV exerce le pouvoir seul, en monarque absolu. Devenu roi alors qu'il était encore enfant, il a 33 ans lors de la première représentation des *Fourberies de Scapin* avec Molière dans le rôle de Scapin.

► Louis XIV est un conquérant, la France est donc très souvent en guerre pour agrandir son territoire.

► De 1665 à 1683, Colbert est en charge des Finances du royaume : sous son impulsion, le commerce connaît un essor sans précédent et contribue au rayonnement de la France dans le monde.

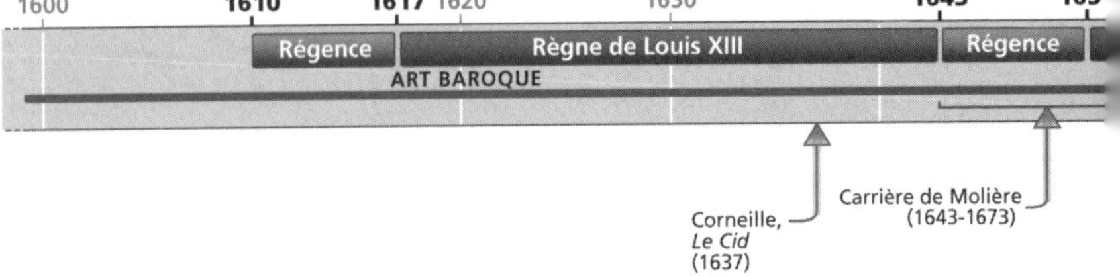

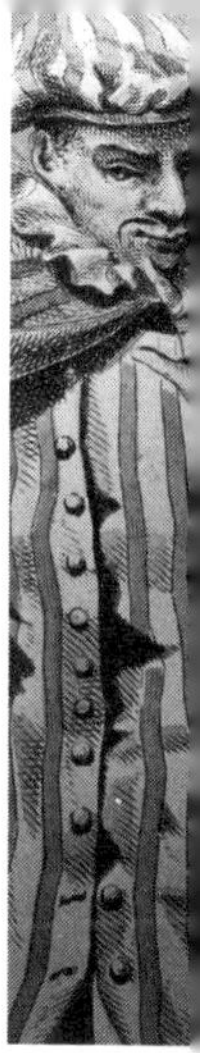

Le contexte culturel

- Le XVIIe siècle, qualifié de Grand Siècle par les historiens, est une période glorieuse pour la culture et les arts français, qui s'épanouissent et se diffusent dans toute l'Europe.
- Entre 1668 et 1693, La Fontaine publie plus de 240 fables sous la forme de trois recueils qui reçoivent un accueil triomphal.
- En 1667, la tragédie *Andromaque* marque le début de la gloire de Racine, qui produit l'essentiel de son œuvre dans les dix années suivantes.
- En peinture, Nicolas Poussin et Claude Lorrain sont particulièrement admirés. L'Italie, centre de l'art pendant la Renaissance, est peu à peu détrônée par la France.

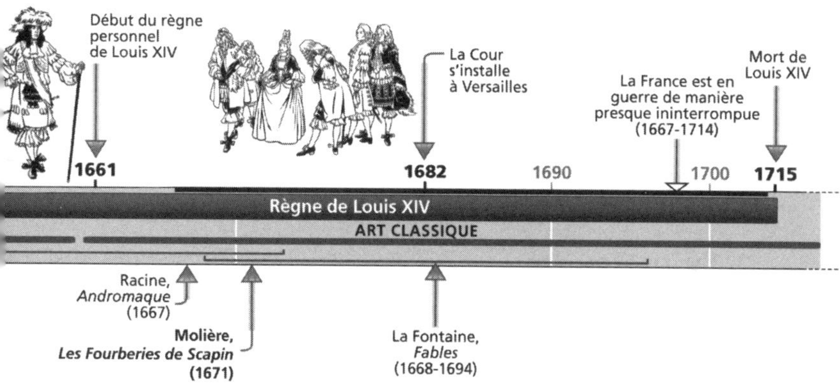

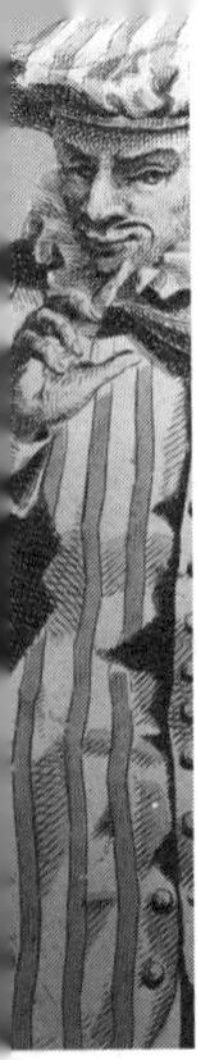

LES REPÈRES CLÉS

Molière (1622-1673)

Connaissez-vous Molière, le premier farceur de France ?

Portrait de Molière, gravure d'Audran d'après un portrait de Mignard, XVIIe siècle.

► Écrivain, acteur, metteur en scène, Molière lance au beau milieu du XVIIe siècle un énorme éclat de rire que l'on entend du fond des campagnes jusqu'à la cour de Louis XIV.

► Les cinquante et un ans de sa vie (1622-1673) marquent les siècles à venir : sur la scène française, Molière reste la référence du rire, le grand maître de la comédie.

Voici son histoire...

Une enfance à Paris

► Il s'appelle Jean-Baptiste Poquelin. Né à Paris, dans une famille bourgeoise, il ne manque de rien sur le plan matériel : tapissier du Roi, son père lui assure de bonnes études. Orphelin de mère, Jean-Baptiste a la chance d'avoir un merveilleux grand-père qui l'emmène régulièrement au théâtre ! Ces sorties à l'Hôtel de Bourgogne et aux Italiens, les deux grandes salles de l'époque, font peut-être naître une vocation : vers l'âge de dix-huit ans, Jean-Baptiste semble bien plus attiré par le métier d'acteur que par la profession d'avocat à laquelle le destine son père.

L'Illustre-Théâtre

► L'année de ses vingt et un ans est décisive pour Jean-Baptiste. Le 30 juin 1643, avec ses amis comédiens, les Béjart, il fonde une troupe de théâtre et change de nom : il devient Molière, directeur de l'Illustre-Théâtre. Mais les débuts de la jeune troupe sont terribles. L'argent fait cruellement défaut. Incapable de payer les dettes de l'Illustre-Théâtre, Molière est mis en prison pour quelques jours. Il prend alors la décision de quitter Paris.

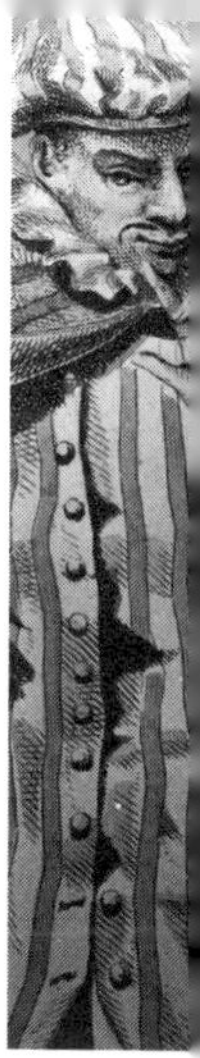

► L'Illustre-Théâtre engage sa carrière en province. De ville en ville, de village en village, les acteurs apprennent leur métier ; Molière écrit ses premières pièces, des farces. En 1651, le Prince de Conti, troisième personnage du royaume de France, le prend sous sa protection : le talent de Molière commence enfin à être reconnu ! Deux farces, *L'Étourdi* (1655) et *Le Dépit amoureux* (1656) assoient sa réputation. Encouragé par ces succès, sans doute aussi fatigué par treize ans de vie errante, Molière rentre à Paris (1658). Il a trente-six ans.

La gloire

► Le 24 octobre 1658, l'Illustre-Théâtre donne une farce devant Louis XIV : *Le Docteur amoureux*. Le roi rit aux éclats ! Cet événement change la vie de Molière : il devient le protégé de Louis XIV. Libéré des problèmes matériels, il se consacre alors entièrement à son art. Les chefs-d'œuvre se succèdent. Citons entre autres *Les Précieuses ridicules* (1659), *Le Misanthrope* (1666), *L'Avare* (1668), *Le Bourgeois gentilhomme* (1670), *Les Fourberies de Scapin* (1671), *Les Femmes savantes* (1672), *Le Malade imaginaire* (1673).

► Cependant, avec *Tartuffe* (1664) et *Dom Juan* (1665), Molière, qui met en accusation l'hypocrisie religieuse, se fait des ennemis. En dépit du soutien – moral et financier – de Louis XIV, l'Illustre-Théâtre, devenu « Troupe du roi », n'est pas à l'abri des difficultés...

► En 1673, Molière, âgé de cinquante et un ans, est un homme fatigué. Son mariage avec la jeune Armande Béjart ne le rend pas heureux. Sa santé faiblit. La mort arrive. Elle prend Molière sur scène, le 17 février 1673, alors qu'il joue *Le Malade imaginaire*.

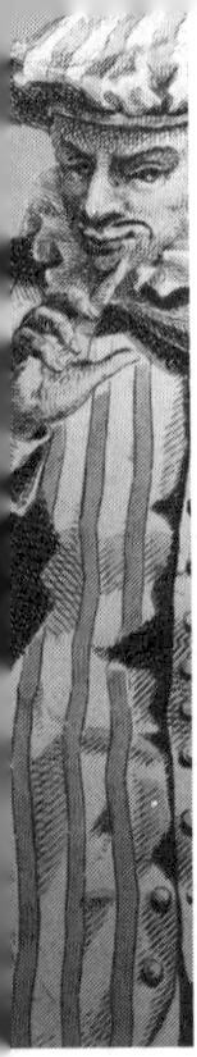

La farce

Le rire à tout prix

► Petite pièce comique héritée du théâtre latin, la farce fait les délices du public au Moyen Âge. Les maris trompés, femmes acariâtres, moines coquins, vieillards amoureux, médecins charlatans qu'elle met en scène font pleurer de rire les spectateurs d'une époque qui considère le théâtre comme un art populaire.

► Plus tard, la farce tombe en disgrâce : elle est jugée vulgaire, peu raffinée, trop réaliste pour plaire aux gens de goût. Vulgaire ? Pourquoi ? Parce qu'elle cherche avant tout à faire rire. Et pour faire rire, elle choisit les procédés les plus grossiers, ceux qui déclenchent le rire à tous les coups et surtout qui ne demandent aucune réflexion : plaisanteries effrontées, gifles, coups de bâtons, jeux de scène osés, courses-poursuites... Dans la farce, tout est permis pourvu que l'on amuse le spectateur.

Le triomphe de la commedia dell'arte

► Depuis la seconde moitié du XVIe siècle, un autre genre théâtral triomphe chez nos voisins italiens : la commedia dell'arte, variante et concurrente de la farce à la française. Inspirée de la comédie latine, la commedia dell'arte se joue avec des masques. Elle met en scène des personnages dont la fonction est toujours la même d'une pièce à l'autre : le serviteur (nommé Arlequin, Scapin, Brighella...), le bourgeois (c'est Pantalone ou le docteur Graziano), le militaire (il s'appelle Matamore ou Capitan), les amoureux (Ottavio, Isabelle, Lucinda, Léandre), la servante (Colombina ou Corallina).

► La commedia dell'arte est une sorte de feuilleton théâtral : chaque pièce s'inscrit dans une série et permet aux spectateurs de retrouver ses héros favoris. L'intrigue, assez large, n'est pas écrite : on laisse aux acteurs le soin d'improviser les dialogues en suivant un canevas. Le but étant de faire rire.

Molière met la farce au goût du jour

► Quand Molière arrive à Paris en 1658, la commedia dell'arte fait salle comble. Pour s'imposer sur la scène parisienne, il lui faut faire face à ce redoutable concurrent.

► Des *Précieuses ridicules* au *Malade imaginaire*, Molière écrit onze farces et fait triompher la farce à la française. Dans ses pièces, il s'inspire à la fois du modèle traditionnel hérité du Moyen Âge et de la commedia dell'arte. Cet assemblage lui permet de donner à la farce un ton nouveau, plus moderne et de plaire au public exigeant de son époque. Sur le plan technique, Molière reprend des procédés qui ont fait leurs preuves : toutes les ficelles du comique de mots, de situation, de caractère et de gestes, il les connaît et les utilise. Sur le plan littéraire, il réactualise la farce en lui donnant pour cadre la société du XVIIe siècle.

Les personnages de la commedia dell'arte. De gauche à droite : Gandolin, Gros Guillaume et Gaultier Garguille.

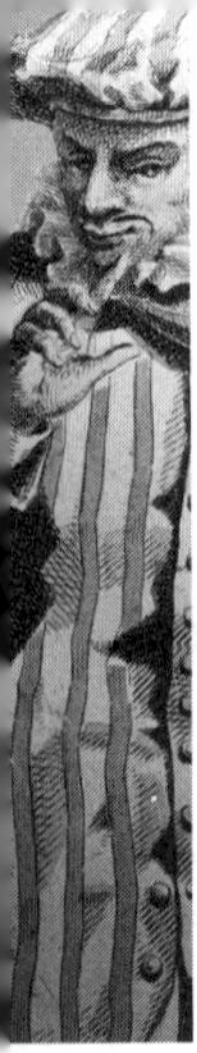

Les Fourberies de Scapin

Un chef-d'œuvre du rire

► Avant d'écrire une pièce, il faut en choisir la *forme*. La farce en 3 actes en prose séduit Molière : c'est un cadre souple à l'intérieur duquel on peut, à volonté, multiplier les scènes. *Les Fourberies de Scapin* se coule dans ce moule qui convient parfaitement au rythme endiablé de l'action.

► Ensuite, il faut décider d'une *intrigue* : la pièce *Phormion*, du poète latin Térence, inspire à Molière le thème général (conflit entre pères et fils) à partir duquel il brode une histoire faite de mille péripéties : deux couples d'amoureux doivent affronter l'autorité paternelle. Ils demandent de l'aide à Scapin, serviteur de génie.

► Dans un troisième temps, Molière met en place ses personnages :
– deux pères avares et autoritaires (Géronte et Argante),
– deux fils amoureux et désobéissants (Octave et Léandre),
– deux jeunes filles (Hyacinte et Zerbinette),
– deux valets (Scapin et Sylvestre).

Cette admirable symétrie est compromise par un personnage-clé qui conduit l'intrigue, Scapin :
– le valet génial qui sort tout droit de la commedia dell'arte ;
– un personnage tout en mouvement, comme son nom l'indique (en italien *scappare* signifie « s'échapper »).

► Enfin, la pièce doit être écrite. La farce française héritée du Moyen Âge et la farce italienne (commedia dell'arte) offrent à Molière un répertoire inépuisable de *procédés comiques* : le comique de mots qui joue sur le langage, le comique de caractère qui s'intéresse aux réactions des personnages, le comique de situation qui s'appuie sur les circonstances, le comique de gestes qui utilise les ressources du corps. Molière se sert de tous ces procédés pour donner au public *Les Fourberies de Scapin*, un chef-d'œuvre du rire.

La troupe royale des comédiens italiens de l'Hôtel de Bourgogne, 1680.

Les Fourberies de Scapin

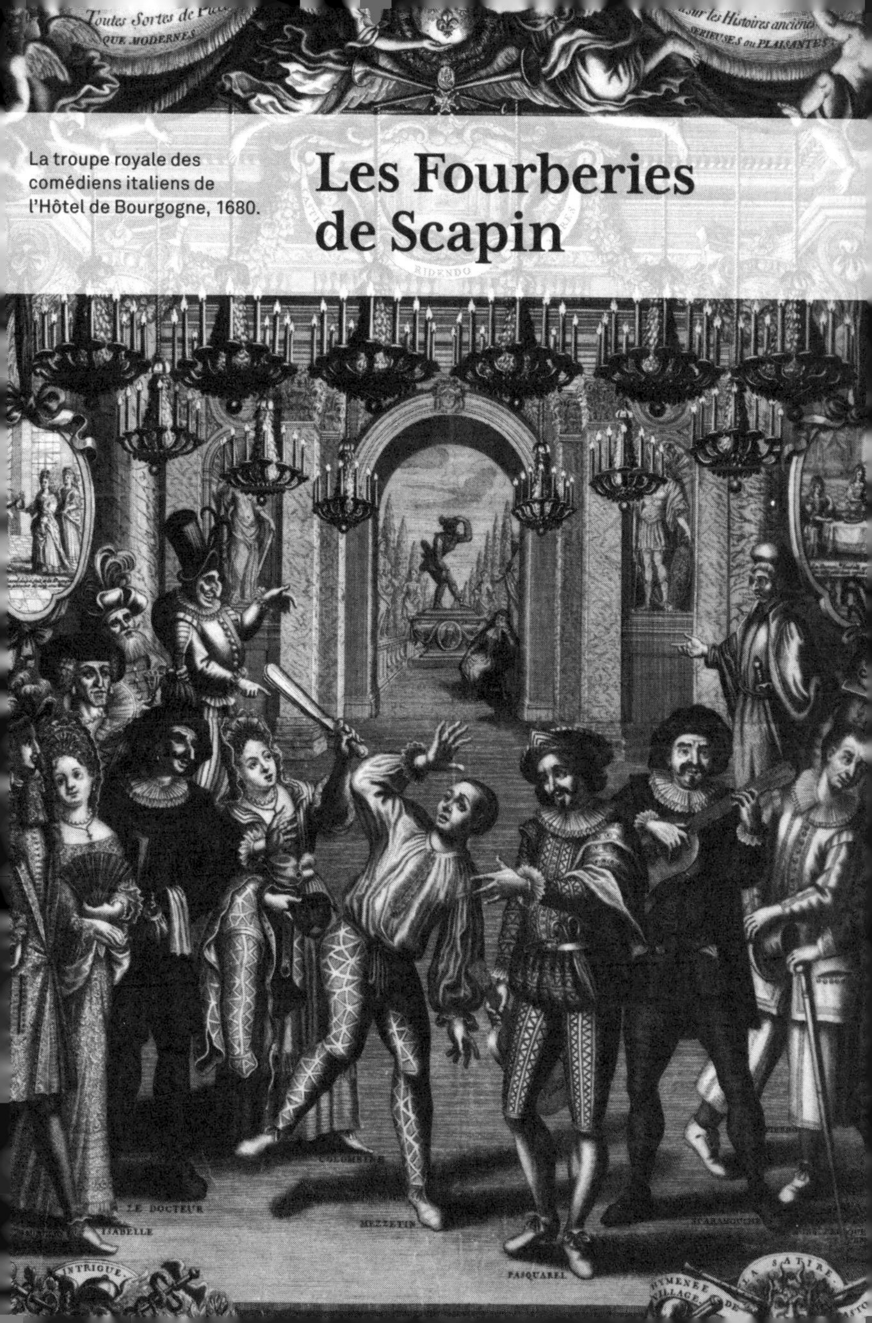

Les personnages

ARGANTE, *père d'Octave et de Zerbinette.*

GÉRONTE, *père de Léandre et de Hyacinte.*

OCTAVE, *fils d'Argante, et amant*[1] *de Hyacinte.*

LÉANDRE, *fils de Géronte, et amant de Zerbinette.*

ZERBINETTE, *crue Égyptienne*[2], *et reconnue fille d'Argante, et amante de Léandre.*

HYACINTE, *fille de Géronte, et amante d'Octave.*

SCAPIN, *valet de Léandre, et fourbe.*

SYLVESTRE, *valet d'Octave.*

NÉRINE, *nourrice de Hyacinte.*

CARLE, *fourbe.*

La scène est à Naples.

1. **Amant :** amoureux.
2. **Crue Égyptienne :** prise pour une bohémienne.

Scène première

OCTAVE, SYLVESTRE.

OCTAVE. – Ah ! fâcheuses nouvelles pour un cœur amoureux ! Dures extrémités où je me vois réduit[1] ! Tu viens, Sylvestre, d'apprendre au port que mon père revient ?

SYLVESTRE. – Oui.

OCTAVE. – Qu'il arrive ce matin même ?

SYLVESTRE. – Ce matin même.

OCTAVE. – Et qu'il revient dans la résolution de me marier ?

SYLVESTRE. – Oui.

OCTAVE. – Avec une fille du seigneur[2] Géronte ?

SYLVESTRE. – Du seigneur Géronte.

OCTAVE. – Et que cette fille est mandée[3] de Tarente[4] ici pour cela ?

SYLVESTRE. – Oui.

OCTAVE. – Et tu tiens ces nouvelles de mon oncle ?

SYLVESTRE. – De votre oncle.

OCTAVE. – À qui mon père les a mandées[5] par une lettre ?

SYLVESTRE. – Par une lettre.

OCTAVE. – Et cet oncle, dis-tu, sait toutes nos affaires ?

---

1. Dures extrémités où je me vois réduit : situation terrible à laquelle je suis confronté.
2. Seigneur : monsieur.
3. Mandée : appelée.
4. Tarente : port de l'Italie du Sud.
5. Mandées : communiquées.

SYLVESTRE. – Toutes nos affaires.

OCTAVE. – Ah ! parle, si tu veux, et ne te fais point de la sorte arracher les mots de la bouche.

SYLVESTRE. – Qu'ai-je à parler davantage ? Vous n'oubliez aucune circonstance, et vous dites les choses tout justement[6] comme elles sont.

OCTAVE. – Conseille-moi, du moins, et me dis ce que je dois faire dans ces cruelles conjonctures[7].

SYLVESTRE. – Ma foi, je m'y trouve autant embarrassé que vous, et j'aurais bon besoin[8] que l'on me conseillât moi-même.

OCTAVE. – Je suis assassiné[9] par ce maudit retour.

SYLVESTRE. – Je ne le suis pas moins.

OCTAVE. – Lorsque mon père apprendra les choses, je vais voir fondre sur moi un orage soudain d'impétueuses réprimandes.

SYLVESTRE. – Les réprimandes ne sont rien, et plût au Ciel que j'en fusse quitte à ce prix[10] ! Mais, j'ai bien la mine, pour moi, de payer[11] plus cher vos folies, et je vois se former de loin un nuage de coups de bâton qui crèvera sur mes épaules.

OCTAVE. – Ô Ciel ! par où sortir de l'embarras où je me trouve ?

SYLVESTRE. – C'est à quoi vous deviez songer avant que de vous y jeter.

---

6. **Justement :** exactement.
7. **Cruelles conjonctures :** pénibles circonstances.
8. **Bon besoin :** bien besoin.
9. **Assassinée :** terriblement ennuyé.
10. **Plût au Ciel que j'en fusse quitte à ce prix :** si seulement je pouvais m'en sortir à ce prix !
11. **J'ai bien la mine de payer :** j'ai bien l'air de quelqu'un qui paiera.

OCTAVE. – Ah ! tu me fais mourir par tes leçons hors de saison.

SYLVESTRE. – Vous me faites bien plus mourir par vos actions étourdies.

OCTAVE. – Que dois-je faire ? Quelle résolution prendre ? À quel remède recourir[12] ?

Turlupin, personnage de comédie au XVIIIe siècle.

12. **Recourir :** avoir recours.

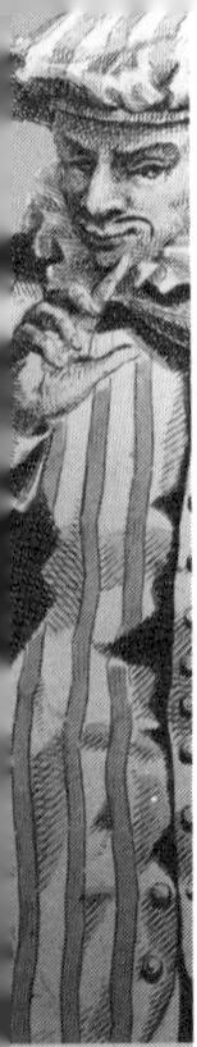

QUESTIONS SUR L'ACTE I, SCÈNE 1

AI-JE BIEN LU ?

1 Qui sont les personnages présents sur scène ?

2 **a.** Quelle nouvelle viennent-ils d'apprendre ?

b. Pourquoi est-elle « fâcheuse » ?

J'ANALYSE LE TEXTE

Le temps et le lieu

> Les didascalies sont des indications de mise en scène (décor, gestes, expressions...), présentées en italiques. La **didascalie initiale** fournit la liste des personnages et le lieu de l'action.

3 Dans quelle ville se déroule l'action ? (Voir p. 12.) À quel moment de la journée ?

L'exposition

> Les premières scènes d'une pièce de théâtre fournissent aux spectateurs les éléments nécessaires à la compréhension de l'intrigue.

4 Faites la liste des éléments fournis aux spectateurs sur les personnages et sur l'intrigue qui s'ébauche.

Les personnages

5 Quel rapport les personnages présents ou évoqués ont-ils les uns avec les autres (maître, serviteur, fiancé, etc.) ?

6 Quels pronoms Octave et Sylvestre utilisent-ils pour s'adresser l'un à l'autre ? Pourquoi ?

7 Citez une réplique dans laquelle Sylvestre fait la morale à son jeune maître. Comment Octave reçoit-il l'observation ?

8 Sylvestre vous semble-t-il courageux ou peureux ? Justifiez votre réponse.

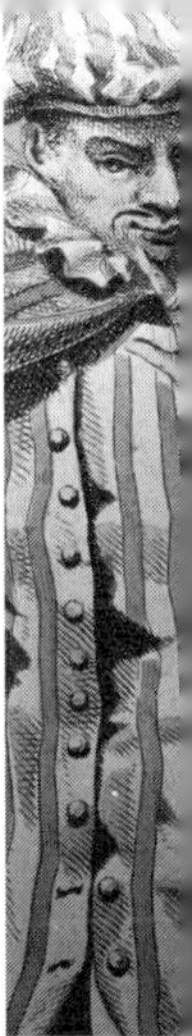

Le comique de farce

> Les *Fourberies de Scapin* mettent en jeu un comique issu de la farce. La **farce** est une pièce comique qui cherche avant tout à faire rire. Elle repose sur des procédés bouffons, des plaisanteries grossières, des jeux de scène appuyés (mimiques, gestes, poursuites, coups de bâton...).

— Le comique de mots

> Les **interjections** sont des mots invariables qui expriment des émotions diverses (Ah ! Oh ! Ciel ! Ouf !....).

9 Relevez les interjections. Qui les prononce ? Quels sentiments traduisent-elles ?

10 Relisez l'échange des questions-réponses, de la ligne 1 à la ligne 20.

a. Qui dirige l'interrogatoire ? Qui donne les informations ? S'agit-il de vraies questions ou de fausses questions ? Quel est l'intérêt de ce procédé ?

b. Relevez les parallélismes : répétitions de mots, constructions identiques, reprises de phrases. Quel est l'effet produit sur le spectateur ?

Les attentes du spectateur

11 « les choses » (l. 33), « vos folies » (l. 38), « vos actions étourdies » (l. 47) : le spectateur sait-il ce que recouvrent ces mots ? Que peut-il imaginer ?

J'ÉTUDIE LA LANGUE

Le titre de la pièce

12 Que signifie le mot « fourberies » ? Trouvez un mot de la même famille que vous utiliserez dans une phrase.

13 Recherchez dans l'introduction (voir p. 8) l'origine du nom Scapin.

Grammaire

14 « Et me dis ce que je dois faire » (l. 26-27).

a. Transformez cette construction en français d'aujourd'hui.

b. Quelles variations observez-vous dans la forme et la place des mots ?

J'ÉCRIS

Écrire une lettre

15 Rédigez la lettre que le père d'Octave a écrite à son frère pour lui annoncer son retour et ses projets (l. 17-18).

CONSIGNES D'ÉCRITURE
- Respectez les codes de la lettre : utilisez les 1e et 2e personnes du singulier ;
- Tenez compte des informations fournies dans la scène ;
- Utilisez une feuille blanche, soignez l'écriture et la mise en page.

POUR ALLER PLUS LOIN

16 Vous êtes metteur en scène. Parmi les acteurs que vous aimez, lesquels choisissez-vous pour les rôles d'Octave et de Sylvestre ?

Scène 2

SCAPIN, OCTAVE, SYLVESTRE.

SCAPIN. – Qu'est-ce, seigneur Octave ? qu'avez-vous ? qu'y a-t-il ? quel désordre est-ce là ? Je vous vois tout troublé.

OCTAVE. – Ah ! mon pauvre Scapin, je suis perdu, je suis désespéré, je suis le plus infortuné[1] de tous les hommes !

SCAPIN. – Comment ?

OCTAVE. – N'as-tu rien appris de ce qui me regarde[2] ?

SCAPIN. – Non.

OCTAVE. – Mon père arrive avec le seigneur Géronte, et ils me veulent marier.

SCAPIN. – Eh bien ! qu'y a-t-il là de si funeste[3] ?

OCTAVE. – Hélas ! tu ne sais pas la cause de mon inquiétude.

SCAPIN. – Non ; mais il ne tiendra qu'à vous que je la sache bientôt ; et je suis homme consolatif[4], homme à m'intéresser aux affaires des jeunes gens.

OCTAVE. – Ah ! Scapin, si tu pouvais trouver quelque invention, forger[5] quelque machine[6], pour me tirer de la peine où je suis, je croirais t'être redevable de plus que de la vie.

SCAPIN. – À vous dire la vérité, il y a peu de choses qui me soient impossibles, quand je m'en veux mêler. J'ai sans

1. **Infortuné :** malheureux.
2. **De ce qui me regarde :** à mon propos.
3. **Funeste :** dramatique.
4. **Consolatif :** qui sait consoler, réconforter.
5. **Forger :** inventer.
6. **Machine :** ruse, machination.

doute reçu du Ciel un génie assez beau pour toutes les fabriques de ces gentillesses d'esprit[7], de ces galanteries ingénieuses[8], à qui le vulgaire[9] ignorant donne le nom de fourberies, et je puis dire sans vanité qu'on n'a guère vu d'homme qui fût plus habile ouvrier de ressorts et d'intrigues[10], qui ait acquis plus de gloire que moi dans ce noble métier. Mais, ma foi, le mérite[11] est trop maltraité aujourd'hui, et j'ai renoncé à toutes choses depuis certain chagrin[12] d'une affaire qui m'arriva.

OCTAVE. – Comment ? Quelle affaire, Scapin ?

SCAPIN. – Une aventure où je me brouillai avec la justice.

OCTAVE. – La justice !

SCAPIN. – Oui, nous eûmes un petit démêlé[13] ensemble.

SYLVESTRE. – Toi et la justice ?

SCAPIN. – Oui. Elle en usa fort mal[14] avec moi, et je me dépitai de telle sorte contre l'ingratitude du siècle[15], que je résolus de ne plus rien faire. Baste[16] ! Ne laissez pas de[17] me conter votre aventure.

OCTAVE. – Tu sais, Scapin, qu'il y a deux mois que le seigneur Géronte et mon père s'embarquèrent ensemble pour un voyage qui regarde certain commerce[18] où leurs intérêts sont mêlés.

SCAPIN. – Je sais cela.

---

7. Gentillesses d'esprit : inventions.
8. Galanteries ingénieuses : intrigues amoureuses pleines d'astuce.
9. Le vulgaire : le peuple.
10. Ouvrier de ressorts et d'intrigues : créateur de ruses.
11. Le mérite : le talent.
12. Chagrin : le gros ennui.
13. Démêlé : problème.
14. Elle en usa fort mal : elle agit très mal.
15. Je me dépitai de telle sorte contre l'ingratitude du siècle : je fus si fâché contre l'ingratitude des gens.
16. Baste : Suffit ! (de l'italien *basta*).
17. Ne laissez pas de : ne manquez pas de.
18. Certain commerce : une certaine affaire.

OCTAVE. – Et que Léandre et moi nous fûmes laissés par nos pères, moi sous la conduite de Sylvestre, et Léandre sous ta direction.

SCAPIN. – Oui. Je me suis fort bien acquitté de ma charge.

OCTAVE. – Quelque temps après, Léandre fit rencontre d'une jeune Égyptienne[19] dont il devint amoureux.

SCAPIN. – Je sais cela encore.

OCTAVE. – Comme nous sommes grands amis, il me fit aussitôt confidence de son amour et me mena voir cette fille, que je trouvai belle à la vérité, mais non pas tant qu'il voulait que je la trouvasse. Il ne m'entretenait[20] que d'elle chaque jour, m'exagérait à tous moments sa beauté et sa grâce, me louait[21] son esprit et me parlait avec transport[22] des charmes de son entretien[23], dont il me rapportait jusqu'aux moindres paroles, qu'il s'efforçait toujours de me faire trouver les plus spirituelles du monde. Il me querellait quelquefois de n'être pas assez sensible aux choses qu'il me venait de dire, et me blâmait sans cesse de l'indifférence où j'étais pour les feux de l'amour[24].

SCAPIN. – Je ne vois pas encore où ceci veut aller.

OCTAVE. – Un jour que je l'accompagnais pour aller chez des gens qui gardent l'objet de ses vœux[25], nous entendîmes dans une petite maison d'une rue écartée quelques plaintes mêlées de beaucoup de sanglots. Nous demandons ce que c'est. Une femme nous dit en soupirant que nous pouvions voir là quelque chose de pitoyable en des

19. Égyptienne : bohémienne.
20. M'entretenait : me parlait.
21. Louait : faisait des compliments sur.
22. Transport : enthousiasme.
23. Son entretien : sa conversation.
24. Les feux de l'amour : la passion amoureuse.
25. L'objet de ses vœux : la jeune fille qu'il aime.

personnes étrangères, et qu'à moins d'être insensibles, nous en serions touchés.

Scapin. – Où est-ce que cela nous mène ?

Octave. – La curiosité me fit presser Léandre de voir ce que c'était. Nous entrons dans une salle, où nous voyons une vieille femme mourante, assistée d'une servante qui faisait des regrets[26], et d'une jeune fille toute fondante en larmes, la plus belle et la plus touchante qu'on puisse jamais voir.

Scapin. – Ah, ah !

Octave. – Une autre aurait paru effroyable en l'état où elle était, car elle n'avait pour habillement qu'une méchante petite jupe, avec des brassières de nuit[27] qui étaient de simple futaine[28], et sa coiffure était une cornette[29] jaune, retroussée au haut de sa tête, qui laissait tomber en désordre ses cheveux sur ses épaules ; et cependant, faite comme cela[30], elle brillait de mille attraits, et ce n'était qu'agréments et que charmes que toute sa personne.

Scapin. – Je sens venir les choses.

Octave. – Si tu l'avais vue, Scapin, en l'état que je dis, tu l'aurais trouvée admirable.

Scapin. – Oh ! je n'en doute point ; et, sans l'avoir vue, je vois bien qu'elle était tout à fait charmante.

Octave. – Ses larmes n'étaient point de ces larmes désagréables qui défigurent un visage : elle avait, à pleurer,

---

26. Faisait des regrets : exprimait son chagrin.
27. Brassières de nuit : chemisette.
28. Futaine : tissu de lin et de coton.
29. Cornette : sorte de bonnet de nuit féminin.
30. Faite comme cela : ainsi vêtue.

une grâce touchante, et sa douleur était la plus belle du monde.

Scapin. – Je vois tout cela.

Octave. – Elle faisait fondre chacun en larmes en se jetant amoureusement sur le corps de cette mourante, qu'elle appelait sa chère mère, et il n'y avait personne qui n'eût l'âme percée de voir un si bon naturel.

Scapin. – En effet, cela est touchant, et je vois bien que ce bon naturel-là vous la fit aimer.

Octave. – Ah ! Scapin, un barbare l'aurait aimée.

Scapin. – Assurément. Le moyen de s'en empêcher !

Octave. – Après quelques paroles dont je tâchai d'adoucir la douleur de cette charmante affligée, nous sortîmes de là et, demandant à Léandre ce qui lui semblait de cette personne, il me répondit froidement qu'il la trouvait assez jolie. Je fus piqué[31] de la froideur avec laquelle il m'en parlait, et je ne voulus point lui découvrir l'effet que ses beautés avaient fait sur mon âme.

Sylvestre, *à Octave*. – Si vous n'abrégez ce récit, nous en voilà pour jusqu'à demain. Laissez-le-moi finir en deux mots. *(À Scapin)*. Son cœur prend feu dès ce moment. Il ne saurait plus vivre qu'il n'aille consoler son aimable affligée[32]. Ses fréquentes visites sont rejetées de la servante, devenue la gouvernante par le trépas[33] de la mère : voilà mon homme au désespoir. Il presse, supplie, conjure : point d'affaire[34]. On lui dit que la fille, quoique sans bien et sans appui, est de famille honnête et qu'à

31. Piqué : vexé.
32. Son aimable affligée : Hyacinte.
33. Le trépas : la mort.
34. Point d'affaire : rien à faire, peine perdue.

moins que de l'épouser, on ne peut souffrir ses poursuites[35] ; voilà son amour augmenté par les difficultés. Il consulte[36] dans sa tête, agite[37], raisonne, balance, prend sa résolution : le voilà marié avec elle depuis trois jours.

SCAPIN. – J'entends.

SYLVESTRE. – Maintenant, mets avec cela le retour imprévu du père, qu'on n'attendait que dans deux mois ; la découverte que l'oncle a faite du secret de notre mariage, et l'autre mariage qu'on veut faire de lui[38] avec la fille que le seigneur Géronte a eue d'une seconde femme qu'on dit qu'il a épousée à Tarente.

OCTAVE. – Et par-dessus tout cela, mets encore l'indigence[39] où se trouve cette aimable personne et l'impuissance où je me vois d'avoir de quoi la secourir.

SCAPIN. – Est-ce là tout ? Vous voilà bien embarrassés tous deux pour une bagatelle ! C'est bien là de quoi se tant alarmer ! N'as-tu point de honte, toi[40], de demeurer court à[41] si peu de chose ? Que diable ! te voilà grand et gros comme père et mère, et tu ne saurais trouver dans ta tête, forger dans ton esprit, quelque ruse galante[42], quelque honnête petit stratagème, pour ajuster[43] vos affaires ? Fi ! Peste soit du butor[44] ! Je voudrais bien que l'on m'eût donné autrefois nos vieillards à duper : je les aurais joués tous deux par-dessous la jambe[45], et je n'étais

35. Souffrir ses poursuites : supporter qu'il fréquente la jeune fille.
36. Il consulte : il réfléchit.
37. Agite : pèse le pour et le contre.
38. Octave.
39. L'indigence : la pauvreté.
40. Sylvestre.
41. Demeurer court à : rester impuissant devant.
42. Galante : adroite.
43. Ajuster : arranger.
44. Butor : sot.
45. Je les aurais joués tous deux par-dessous la jambe : je les aurais dupés avec mépris.

pas plus grand que cela que je me signalais déjà par cent tours d'adresse jolis[46].

SYLVESTRE. – J'avoue que le Ciel ne m'a pas donné tes talents, et que je n'ai pas l'esprit, comme toi, de me brouiller avec la justice.

OCTAVE. – Voici mon aimable Hyacinte.

Scapin dans « Œuvres complètes de Molière », Paris, 1875.

46. Jolis : faciles.

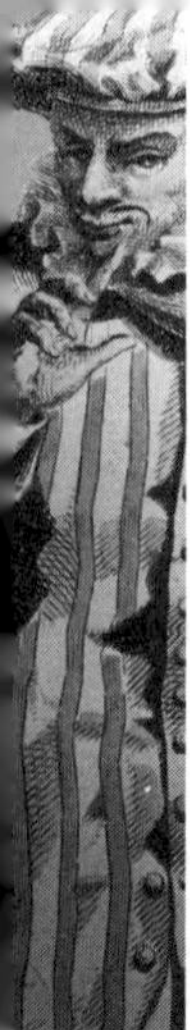

QUESTIONS SUR L'ACTE I, SCÈNE 2

AI-JE BIEN LU ?

1 Dans quelles circonstances Octave et Léandre sont-ils tombés amoureux ?
2 Pourquoi Octave est-il pris de panique ?
3 À qui demande-t-il de l'aide ?

J'ANALYSE LE TEXTE

Les personnages et leurs relations

4 Qui sont Octave, Léandre, Sylvestre, Scapin, Hyacinte ? Quelles relations les personnages entretiennent-ils les uns envers les autres ?
5 Comparez Sylvestre et Scapin. Qu'ont-ils en commun ? En quoi sont-ils différents ? Justifiez votre réponse.

> Scapin a hérité de son ancêtre italien, le valet Brighella de la commedia dell'arte, le « don de fourberie ».

L'exposition (voir la définition, p. 16)

6 Octave expose les « affaires », les « choses » évoquées dans la scène précédente.
a. Faites un résumé des événements survenus en l'absence de Géronte et d'Argante.
b. Relevez les indices de temps qui permettent de dater les événements successifs.
7 Pourquoi Sylvestre finit-il le récit à la place d'Octave ?

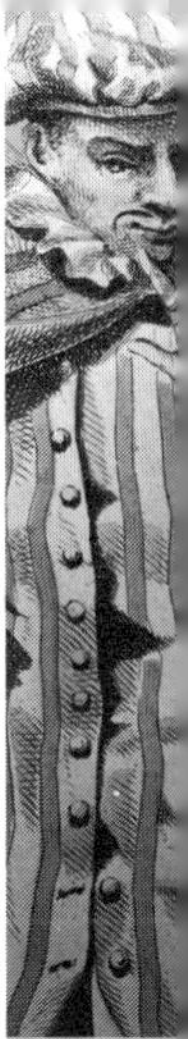

Le thème de l'amour

8 La métaphore

> La métaphore (ex. : les perles de rosée) et la comparaison (ex. : la rosée, comme des perles) mettent en relation deux termes pour produire une image. Mais seule la comparaison se construit autour d'un outil de comparaison (*comme*, *à l'exemple de*, *tel*...).

« Son cœur prend feu » (l. 117) : expliquez la métaphore.

9 Par quels aspects de sa personnalité et de son comportement Hyacinte a-t-elle charmé Octave ? Citez le texte.

Scapin : un personnage de farce

10 **a.** À quel champ lexical appartiennent les mots : « génie », « fabriques », « ressorts », « intrigues » (l. 20 à 30) ? Relevez dans la seconde tirade de Scapin (l. 138 à 149) les termes appartenant à ce même champ lexical.
b. À partir de ce relevé, caractérisez le personnage de Scapin.
c. Relevez la phrase montrant que Scapin a commencé très tôt sa carrière de fourbe.

11 Montrez en citant le texte que Scapin se plaît à mettre à profit son « génie » (l. 22) pour aider les jeunes gens.

J'ÉTUDIE LA LANGUE

12 « Que je la trouvasse » (l. 55) : en vous aidant d'un livre de conjugaison, précisez le temps et le mode de cette forme.

13 Octave relayé par Sylvestre fait le récit de ses aventures.
a. Quels sont les deux temps dominants de ce récit ?
b. Quel changement observez-vous entre les lignes 74-79 et les lignes 115-127 ?
c. Qu'apporte cette modification ?

J'ÉCRIS

⓮ Dans son journal, Hyacinte raconte sa rencontre avec Octave. Elle fait un portrait enthousiaste du jeune homme.

CONSIGNES D'ÉCRITURE
- Écrivez à la 1re personne : *Aujourd'hui j'ai rencontré...*
- Pour la description, utilisez des termes valorisants et positifs.

— Le dialogue

⓯ En faisant bien ressortir les sentiments des deux jeunes gens, écrivez sous forme de dialogue la conversation d'Octave et de Léandre lorsqu'ils sortent de chez Hyacinte (l. 108 à 114).

POUR ALLER PLUS LOIN

⓰ Le metteur en scène Jacques Copeau a longuement travaillé sur *Les Fourberies de Scapin*. Voici une de ses indications sur le jeu des acteurs : « Pendant la première partie du récit d'Octave, Scapin l'écoute avec assez d'attention. Mais bientôt, il se met à suivre attentivement le vol d'une mouche. Il la voit se poser sur le tréteau à sa droite. Il la guette, s'allonge, étend le bras, et sur "Je ne vois pas encore où ceci veut aller (l. 64)" [...] tente de l'attraper, mais la manque. »
Continuez le travail de Jacques Copeau en précisant le jeu des acteurs jusqu'à la fin de la scène.

Scène 3

HYACINTE, OCTAVE, SCAPIN, SYLVESTRE.

HYACINTE. – Ah ! Octave, est-il vrai ce que Sylvestre vient de dire à Nérine, que votre père est de retour et qu'il veut vous marier ?

OCTAVE. – Oui, belle Hyacinte, et ces nouvelles m'ont donné une atteinte[1] cruelle. Mais que vois-je ? vous pleurez ? Pourquoi ces larmes ? Me soupçonnez-vous, dites-moi, de quelque infidélité, et n'êtes-vous pas assurée de l'amour que j'ai pour vous ?

HYACINTE. – Oui, Octave, je suis sûre que vous m'aimez, mais je ne le suis pas que vous m'aimiez toujours.

OCTAVE. – Eh ! peut-on vous aimer qu'on ne vous aime toute sa vie[2] ?

HYACINTE. – J'ai ouï dire[3], Octave, que votre sexe[4] aime moins longtemps que le nôtre, et que les ardeurs[5] que les hommes font voir sont des feux qui s'éteignent aussi facilement qu'ils naissent.

OCTAVE. – Ah ! ma chère Hyacinte, mon cœur n'est donc pas fait comme celui des hommes, et je sens bien, pour moi, que je vous aimerai jusqu'au tombeau.

---

1. Atteinte : coup.
2. Qu'on ne vous aime toute sa vie : sans vous aimer toute sa vie.
3. J'ai ouï dire : j'ai entendu dire.
4. Votre sexe : les hommes.
5. Les ardeurs : l'amour.

HYACINTE. – Je veux croire que vous sentez ce que vous dites, et je ne doute point que vos paroles ne soient sincères ; mais je crains un pouvoir[6] qui combattra dans votre cœur les tendres sentiments que vous pouvez avoir pour moi. Vous dépendez d'un père qui veut vous marier à une autre personne, et je suis sûre que je mourrai si ce malheur m'arrive.

OCTAVE. – Non, belle Hyacinte, il n'y a point de père qui puisse me contraindre à vous manquer de foi[7], et je me résoudrai à quitter mon pays, et le jour[8] même, s'il est besoin, plutôt qu'à vous quitter. J'ai déjà pris, sans l'avoir vue, une aversion[9] effroyable pour celle que l'on me destine, et, sans être cruel, je souhaiterais que la mer l'écartât d'ici pour jamais. Ne pleurez donc point, je vous prie, mon aimable Hyacinte, car vos larmes tuent, et je ne les puis voir sans me sentir percer le cœur.

HYACINTE. – Puisque vous le voulez, je veux bien essuyer mes larmes, et j'attendrai d'un œil constant ce qu'il plaira au Ciel de résoudre de moi[10].

OCTAVE. – Le Ciel nous sera favorable.

HYACINTE. – Il ne saurait m'être contraire, si vous m'êtes fidèle.

OCTAVE. – Je le serai assurément.

HYACINTE. – Je serai donc heureuse.

SCAPIN, *à part.* – Elle n'est pas tant sotte, ma foi, et je la trouve assez passable.

---

6. La volonté du père d'Octave.
7. **Vous manquer de foi :** ne pas vous être fidèle.
8. **Le jour :** la vie.
9. **Aversion :** haine.
10. **J'attendrai d'un œil constant ce qu'il plaira au Ciel de résoudre de moi :** j'attendrai avec confiance ce que Dieu décidera pour moi.

OCTAVE, *MONTRANT SCAPIN*. – Voici un homme qui pourrait bien, s'il le voulait, nous être dans tous nos besoins d'un secours merveilleux.

SCAPIN. – J'ai fait de grands serments de ne me mêler plus du monde, mais, si vous m'en priez bien fort tous deux, peut-être...

OCTAVE. – Ah ! s'il ne tient qu'à te prier bien fort pour obtenir ton aide, je te conjure de tout mon cœur de prendre la conduite de notre barque[11].

SCAPIN, *à Hyacinte*. – Et vous, ne me dites-vous rien ?

HYACINTE. – Je vous conjure, à son exemple, par tout ce qui vous est le plus cher au monde, de vouloir servir notre amour.

SCAPIN. – Il faut se laisser vaincre[12] et avoir de l'humanité. Allez, je veux m'employer pour vous.

OCTAVE. – Crois que...

SCAPIN, *à Octave*. – Chut ! *(À Hyacinte.)* Allez-vous-en, vous, et soyez en repos. *(À Octave.)* Et vous, préparez-vous à soutenir avec fermeté l'abord[13] de votre père.

OCTAVE. – Je t'avoue que cet abord me fait trembler par avance, et j'ai une timidité naturelle que je ne saurais vaincre.

SCAPIN. – Il faut pourtant paraître ferme au premier choc, de peur que, sur votre faiblesse, il ne prenne le pied de vous mener comme un enfant[14]. Là, tâchez de vous

---

11. Je te conjure de tout mon cœur de prendre la conduite de notre barque : je te supplie de t'occuper de nos affaires.
12. Il faut se laisser vaincre : il faut se laisser persuader.
13. L'abord : l'arrivée.
14. De peur que, sur votre faiblesse, il ne prenne le pied de vous mener comme un enfant : de peur que, devant votre faiblesse, il se mette à vous traiter comme un enfant.

Illustration extraite d'une édition des *Œuvres Complètes* de Molière, Paris, 1866-1867, Paris, Bibliothèque Nationale.

composer par étude[15]. Un peu de hardiesse, et songez à répondre résolument sur tout ce qu'il pourra vous dire.

Octave. – Je ferai du mieux que je pourrai.

Scapin. – Là, essayons un peu pour vous accoutumer. Répétons un peu votre rôle, et voyons si vous ferez bien. Allons. La mine résolue, la tête haute, les regards assurés.

Octave. – Comme cela ?

Scapin. – Encore un peu davantage.

Octave. – Ainsi ?

Scapin. – Bon ! Imaginez-vous que je suis votre père qui arrive, et répondez-moi fermement, comme si c'était à lui-même. « Comment ! pendard[16], vaurien, infâme, fils indigne d'un père comme moi, oses-tu bien paraître devant mes yeux après tes bons déportements[17], après le lâche tour que tu m'as joué pendant mon absence ? Est-ce là le fruit de mes soins, maraud[18], est-ce là le fruit de mes soins ? le respect qui m'est dû ? le respect que tu me conserves ? » Allons donc ! « Tu as l'insolence, fripon, de t'engager sans le consentement de ton père, de contracter un mariage clandestin ? Réponds-moi, coquin ! réponds-moi ! Voyons un peu tes belles raisons ! » Oh ! que diable ! vous demeurez interdit[19] ?

Octave. – C'est que je m'imagine que c'est mon père que j'entends.

Scapin. – Eh ! oui ! C'est par cette raison qu'il ne faut pas être comme un innocent[20].

---

15. Tâchez de vous composer par étude : de préparer l'attitude que vous adopterez.
16. Pendard : vaurien, coquin, filou.
17. Tes bons déportements : ta belle conduite.
18. Maraud : coquin, filou.
19. Interdit : ébahi, stupéfait.
20. Un innocent : un simple d'esprit, un idiot.

OCTAVE. – Je m'en vais prendre plus de résolution, et je répondrai fermement.

SCAPIN. – Assurément ?

OCTAVE. – Assurément.

SYLVESTRE. – Voilà votre père qui revient.

OCTAVE, *s'enfuyant.* – Ô Ciel ! je suis perdu !

SCAPIN. – Holà ! Octave, demeurez, Octave ! Le voilà enfui ! Quelle pauvre espèce d'homme ! Ne laissons pas[21] d'attendre le vieillard.

SYLVESTRE. – Que lui dirai-je ?

SCAPIN. – Laisse-moi dire, moi, et ne fais que me suivre.

---

21. Ne laissons pas : ne manquons pas.

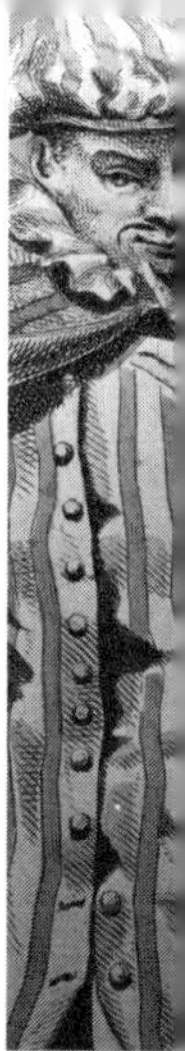

QUESTIONS SUR L'ACTE I, SCÈNE 3

AI-JE BIEN LU ?

1 Qui est amoureux ?

2 Quelle méthode Scapin adopte-t-il pour aider Octave à affronter son père ? Cette méthode est-elle efficace ?

3 Quel personnage survient à la fin de la scène ?

J'ANALYSE LE TEXTE

Octave et Hyacinte

— Le personnage d'Octave

4 De quels traits de caractère Octave témoigne-t-il

– à travers sa relation avec Hyacinte ?

– à travers sa relation avec son père ?

5 Pourquoi Scapin dit-il d'Octave : « Quelle pauvre espèce d'homme ! » (l. 104). Quel jugement porte-t-il sur son maître ?

— Le personnage de Hyacinte

6 **a.** Quelles craintes Hyacinte exprime-t-elle au début de la scène ?

b. Par quels arguments Octave la rassure-t-il ?

c. « Elle n'est pas tant sotte ma foi ! » (l. 44) : Justifiez ce jugement de Scapin.

— Des amoureux de comédie

7 **a.** Combien de fois Octave et Hyacinte prononcent-ils les mots « amour » et « aimer » ? Quel est l'effet produit sur le spectateur par cet accumulation de termes ?

b. Le langage précieux

> Au XVIIe siècle, le style **précieux** (imagé) était en vogue ; il était le plus souvent lié à l'amour.

Relevez les métaphores du feu dans les répliques d'Octave et de Hyacinte. Sur quel aspect du sentiment insistent-elles ?

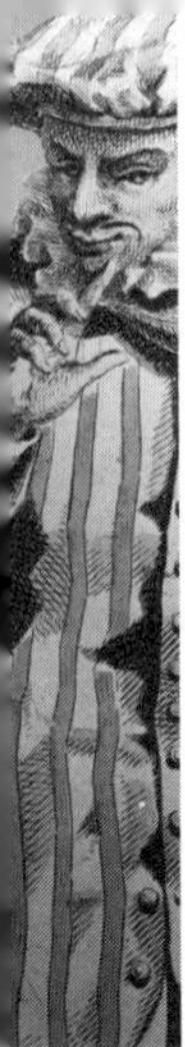

8 L'hyperbole

> L'hyperbole est une figure de style qui consiste à exagérer l'expression de sa pensée. Ex : Il est fou d'amour.

Relevez toutes les hyperboles utilisées par Octave pour traduire son amour.

Scapin , maître du jeu

9 Relevez les répliques dans lesquelles Scapin se fait prier. Expliquez son attitude.

10 **a.** Scapin finit par aider les amoureux. Quelle raison donne-t-il ?
b. Quelle autre raison le motive dans doute ?
c. Quel mode verbal utilise-t-il lorsqu'il prend la situation en main (l. 62-64) ?

Le comique de farce

— La parodie

> La parodie est une imitation moqueuse du ton, des paroles et des idées de quelqu'un.

11 Dans cette scène :
a. Qui parodie qui ?
b. Quel est le ton adopté ?
c. Quels reproches adresse-t-on à Octave ?
d. Faites la liste des injures et des interjections. Quels sentiments traduisent-elles ?

— Le comique

> • Le **comique de gestes** repose sur les gestes, mimiques, déplacements, poursuites, coups de bâton...
> • Le **comique de mots** s'appuie sur les jurons, les répétitions de termes...

• Le **comique de situation** naît des tromperies, des rencontres embarrassantes, des quiproquos…
• On parle de **comique de caractère** lorsqu' un trait de caractère d'un personnage provoque le rire.

12 **a.** Quels gestes provoquent le rire dans cette parodie ?
b. Quelle est la réaction d'Octave face à Scapin dans le rôle de Géronte ? Quel trait de caractère affiche le jeune homme ?
c. Pourquoi Octave s'enfuit-il à la fin de la scène ? En quoi la situation est-elle drôle ?

J'ÉTUDIE LA LANGUE

13 « Quelque infidélité » (l. 7) : l'adjectif « quelque » est ici au singulier. A-t-il le sens de « plusieurs » ou de « une quelconque » ?
14 Pourquoi le mot « Ciel » (l. 38 et 39) est-il écrit avec une majuscule ? Que signifie-t-il ici ?

JE METS EN SCÈNE

15 Mettez-vous à deux, apprenez et jouez la seconde partie de la scène (l. 63 « Et vous, préparez-vous… » à 105).

AIDE
• Soignez les gestes et les expressions du visage, de manière à susciter le rire ;
• Respectez les caractères : assurance de Scapin, peur irraisonnée d'Octave.

POUR ALLER PLUS LOIN

16 Quels accessoires sont utiles à la représentation de cette scène ? (Ex. : un mouchoir pour Hyacinte.)

ACTE PREMIER

Scène 4

ARGANTE, SCAPIN, SYLVESTRE.

ARGANTE, *se croyant seul.* – A-t-on jamais ouï[1] parler d'une action pareille à celle-là ?

SCAPIN. – Il a déjà appris l'affaire[2], et elle lui tient si fort en tête que tout seul il en parle haut.

ARGANTE, *se croyant seul.* – Voilà une témérité[3] bien grande !

SCAPIN. – Écoutons-le un peu.

ARGANTE, *se croyant seul.* – Je voudrais savoir ce qu'ils me pourront dire sur ce beau mariage.

SCAPIN, *à part.* – Nous y avons songé.

ARGANTE, *se croyant seul.* – Tâcheront-ils de me nier la chose ?

SCAPIN. – Non, nous n'y pensons pas.

ARGANTE, *se croyant seul.* – Ou s'ils entreprendront de l'excuser[4] ?

SCAPIN. – Celui-là[5] se pourra faire.

ARGANTE, *se croyant seul.* – Prétendront-ils m'amuser par des contes en l'air[6] ?

SCAPIN. – Peut-être.

---

1. **Ouï :** entendu.
2. **L'affaire :** le mariage (par l'oncle d'Octave, voir Acte I, sc. 1, 2).
3. **Témérité :** audace.
4. **Ou s'ils entreprendront de l'excuser :** ou essaieront-ils de trouver des excuses ?
5. **Celui-là :** cela.
6. **Des contes en l'air :** des histoires invraisemblables.

Argante, *se croyant seul.* – Tous leurs discours seront inutiles.

Scapin. – Nous allons voir.

Argante, *se croyant seul.* – Ils ne m'en donneront point à garder[7].

Scapin. – Ne jurons de rien.

Argante, *se croyant seul.* – Je saurai mettre mon pendard de fils en lieu de sûreté[8].

Scapin. – Nous y pourvoirons[9].

Argante, *se croyant seul.* – Et pour le coquin de Sylvestre, je le rouerai de coups.

Sylvestre, *à Scapin.* – J'étais bien étonné, s'il m'oubliait.

Argante, *apercevant Sylvestre.* – Ah ! ah ! vous voilà donc, sage gouverneur de famille, beau directeur de jeunes gens !

Scapin. – Monsieur, je suis ravi de vous voir de retour.

Argante. – Bonjour, Scapin. *(À Sylvestre.)* Vous avez suivi mes ordres vraiment d'une belle manière, et mon fils s'est comporté fort sagement pendant mon absence !

Scapin. – Vous vous portez bien, à ce que je vois ?

Argante. – Assez bien. *(À Sylvestre.)* Tu ne dis mot, coquin, tu ne dis mot !

Scapin. – Votre voyage a-t-il été bon ?

Argante. – Mon Dieu, fort bon. Laisse-moi un peu quereller en repos !

Scapin. – Vous voulez quereller ?

---

7. Ils ne m'en donneront point à garder : ils ne me tromperont pas.
8. En lieu de sûreté : en prison.
9. Nous y pourvoirons : c'est ce que nous ferons (Scapin prend l'expression « en lieu de sûreté » au sens de « à l'abri »).

Argante. – Oui, je veux quereller.

Scapin. – Et qui, Monsieur ?

Argante, *montrant Sylvestre.* – Ce maraud-là.

Scapin. – Pourquoi ?

Argante. – Tu n'as pas ouï parler de ce qui s'est passé dans mon absence ?

Scapin. – J'ai bien ouï parler de quelque petite chose.

Argante. – Comment, quelque petite chose ! Une action de cette nature ?

Scapin. – Vous avez quelque raison...

Argante. – Une hardiesse pareille à celle-là ?

Scapin. – Cela est vrai.

Argante. – Un fils qui se marie sans le consentement de son père ?

Scapin. – Oui, il y a quelque chose à dire[10] à cela. Mais je serais d'avis que vous ne fissiez point de bruit.

Argante. – Je ne suis pas de cet avis et je veux faire du bruit, tout mon soûl[11]. Quoi ! tu ne trouves pas que j'aie tous les sujets du monde d'être en colère ?

Scapin. – Si fait ! j'y ai d'abord été[12], moi, lorsque j'ai su la chose, et je me suis intéressé pour vous[13] jusqu'à quereller votre fils. Demandez-lui un peu quelles belles réprimandes[14] je lui ai faites, et comme je l'ai chapitré[15] sur le peu de respect qu'il gardait à un père dont il devait baiser les pas. On ne peut pas lui mieux parler, quand ce serait vous-même. Mais quoi ! je me suis rendu à la raison et j'ai

10. Il y a quelque chose à dire : contester.
11. Tout mon soûl : autant qu'il me plaît.
12. J'y ai d'abord été : j'ai d'abord été en colère.
13. Je me suis intéressé pour vous : j'ai pris votre parti.
14. Réprimandes : reproches.
15. Je l'ai chapitré : je lui ai fait la leçon.

considéré que, dans le fond, il n'a pas tant de tort qu'on pourrait croire.

ARGANTE. – Que me viens-tu conter ? Il n'a pas tant de tort de s'aller marier de but en blanc[16] avec une inconnue ?

SCAPIN. – Que voulez-vous ? Il a été poussé par sa destinée.

ARGANTE. – Ah ! ah ! voici une raison la plus belle du monde ! On n'a plus qu'à commettre tous les crimes imaginables, tromper, voler, assassiner, et dire pour excuse qu'on y a été poussé par sa destinée.

SCAPIN. – Mon Dieu, vous prenez mes paroles trop en philosophe. Je veux dire qu'il s'est trouvé fatalement engagé dans cette affaire.

ARGANTE. – Et pourquoi s'y engageait-il ?

SCAPIN. – Voulez-vous qu'il soit aussi sage que vous ? Les jeunes gens sont jeunes, et n'ont pas toute la prudence qu'il leur faudrait pour ne rien faire que de raisonnable : témoin notre Léandre, qui, malgré toutes mes leçons, malgré toutes mes remontrances[17], est allé faire, de son côté, pis encore[18] que votre fils. Je voudrais bien savoir si vous-même n'avez pas été jeune et n'avez pas, dans votre temps, fait des fredaines[19] comme les autres. J'ai ouï dire, moi, que vous avez été autrefois un compagnon parmi les femmes[20], que vous faisiez le drôle avec les plus galantes[21] de ce temps-là, et que vous n'en approchiez point que vous ne poussassiez à bout[22].

---

16. De but en blanc : tout droit, sans réfléchir.
17. Remontrances : avertissements.
18. Pis encore : pire encore.
19. Fredaines : folies.
20. Que vous avez été autrefois un compagnon parmi les femmes : que vous avez beaucoup fréquenté les femmes.
21. Galantes : coquettes.
22. Que vous ne poussassiez à bout : sans tout obtenir d'elles.

ARGANTE. – Cela est vrai, j'en demeure d'accord ; mais je m'en suis toujours tenu à la galanterie[23] et je n'ai point été jusqu'à faire ce qu'il a fait.

SCAPIN. – Que vouliez-vous qu'il fît ? Il voit une jeune personne qui lui veut du bien (car il tient cela de vous, d'être aimé de toutes les femmes). Il la trouve charmante. Il lui rend des visites, lui conte des douceurs, soupire galamment, fait le passionné. Elle se rend à sa poursuite[24]. Il pousse sa fortune[25]. Le voilà surpris avec elle par ses parents, qui, la force à la main[26], le contraignent de l'épouser.

SYLVESTRE, *à part.* – L'habile fourbe que voilà !

SCAPIN. – Eussiez-vous voulu qu'il se fût laissé tuer ? Il vaut mieux encore être marié qu'être mort.

ARGANTE. – On ne m'a pas dit que l'affaire se soit ainsi passée.

SCAPIN, *montrant Sylvestre.* – Demandez-lui plutôt. Il ne vous dira pas le contraire.

ARGANTE, *à Sylvestre.* – C'est par force qu'il a été marié ?

SYLVESTRE. – Oui, Monsieur.

SCAPIN. – Voudrais-je vous mentir ?

ARGANTE. – Il devait donc aller tout aussitôt protester de violence[27] chez un notaire.

SCAPIN. – C'est ce qu'il n'a pas voulu faire.

ARGANTE. – Cela m'aurait donné plus de facilité à rompre ce mariage.

---

23. La galanterie : la séduction.
24. Elle se rend à sa poursuite : elle accepte ses avances.
25. Il pousse sa fortune : il continue de tenter sa chance.
26. La force à la main : une arme à la main.
27. Protester de violence : porter plainte contre la violence dont il était victime.

Scapin. – Rompre ce mariage ?

Argante. – Oui.

Scapin. – Vous ne le romprez point.

Argante. – Je ne le romprai point ?

Scapin. – Non.

Argante. – Quoi ! je n'aurai pas pour moi les droits de père et la raison de la violence qu'on a faite à mon fils ?

Scapin. – C'est une chose dont il ne demeurera pas d'accord.

Argante. – Il n'en demeurera pas d'accord ?

Scapin. – Non.

Argante. – Mon fils ?

Scapin. – Votre fils. Voulez-vous qu'il confesse qu'il ait été capable de crainte, et que ce soit par force qu'on lui ait fait faire les choses ? Il n'a garde[28] d'aller avouer cela. Ce serait se faire tort, et se montrer indigne d'un père comme vous.

Argante. – Je me moque de cela.

Scapin. – Il faut, pour son honneur et pour le vôtre, qu'il dise dans le monde que c'est de bon gré qu'il l'a épousée.

Argante. – Et je veux, moi, pour mon honneur et pour le sien, qu'il dise le contraire.

Scapin. – Non, je suis sûr qu'il ne le fera pas.

Argante. – Je l'y forcerai bien.

Scapin. – Il ne le fera pas, vous dis-je.

Argante. – Il le fera, ou je le déshériterai.

Scapin. – Vous ?

Argante. – Moi.

---

28. Il n'a garde : il se garde.

SCAPIN. – Bon !

ARGANTE. – Comment, bon !

SCAPIN. – Vous ne le déshériterez point.

ARGANTE. – Je ne le déshériterai point ?

SCAPIN. – Non.

ARGANTE. – Non ?

SCAPIN. – Non.

ARGANTE. – Ouais ! voici qui est plaisant. Je ne déshériterai point mon fils ?

SCAPIN. – Non, vous dis-je.

ARGANTE. – Qui m'en empêchera ?

SCAPIN. – Vous-même.

ARGANTE. – Moi ?

SCAPIN. – Oui. Vous n'aurez pas ce cœur-là[29].

ARGANTE. – Je l'aurai.

SCAPIN. – Vous vous moquez !

ARGANTE. – Je ne me moque point.

SCAPIN. – La tendresse paternelle fera son office[30].

ARGANTE. – Elle ne fera rien.

SCAPIN. – Oui, oui.

ARGANTE. – Je vous dis que cela sera.

SCAPIN. – Bagatelles[31] !

ARGANTE. – Il ne faut point dire : bagatelles.

SCAPIN. – Mon Dieu, je vous connais, vous êtes bon naturellement.

ARGANTE. – Je ne suis point bon, et je suis méchant, quand

---

29. **Ce cœur-là :** ce courage.
30. **Fera son office :** jouera son rôle.
31. **Bagatelles :** sottises.

je veux. Finissons ce discours qui m'échauffe la bile[32]. *(En s'adressant à Sylvestre).* Va-t'en, pendard, va-t'en me chercher mon fripon tandis que j'irai rejoindre le seigneur Géronte pour lui conter ma disgrâce[33].

SCAPIN. – Monsieur, si je vous puis être utile en quelque chose, vous n'avez qu'à me commander.

ARGANTE. – Je vous remercie. *(À part.)* Ah ! pourquoi faut-il qu'il soit fils unique ! Et que n'ai-je à cette heure la fille que le Ciel m'a ôtée, pour la faire mon héritière !

Mise en scène de Jean-Louis Benoît, avec Christian Blanc et Gérard Giroudon, Comédie Française, Paris, 2000.

32. Qui m'échauffe la bile : qui me met en colère.
33. Lui conter ma disgrâce : lui raconter mes malheurs.

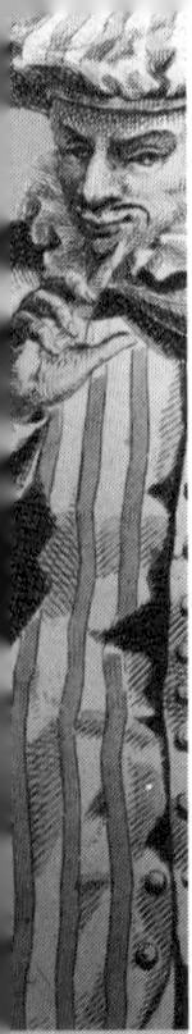

QUESTIONS SUR L'ACTE I, SCÈNE 4

AI-JE BIEN LU ?

1 Qui sont les personnages présents ?
2 Pour quelle raison Argante est-il en colère contre son fils et contre son valet ?
3 Qui tente de les défendre ?
4 Comment la scène se termine-t-elle ?

J'ANALYSE LE TEXTE

Scapin, « un habile fourbe »

5 Citez les trois répliques par lesquelles Scapin tente de détourner la colère d'Argante (l. 34-41) pour voler au secours de Sylvestre.
6 **a.** Comment Scapin tente-t-il de calmer Argante (l. 51-74) ?
b. Quels arguments avance-t-il pour le persuader qu'Octave n'est pas responsable de ce qui est arrivé (l. 75-82 et 99-106) ?
7 Relevez les traits de flatterie dans les répliques de Scapin (l. 64-72 ; 84-95 ; 134-137). En quoi est-il habile ?
8 À quels sentiments Scapin fait-il appel pour empêcher Argante de rompre le mariage et de déshériter son fils (l. 134-173)?
9 Argante est-il un adversaire aussi facile que Scapin aurait pu le croire ? Scapin a-t-il totalement réussi à le tromper ? Justifiez.

Le comique de farce

— Le comique de situation

10 Le témoin caché

> Au théâtre, on parle de **témoin caché** lorsqu'un personnage caché entend la conversation d'un autre.

a. À qui Argante parle-t-il (l. 1-30) ? Qui l'écoute ?
b. Pourquoi la situation est-elle amusante ?

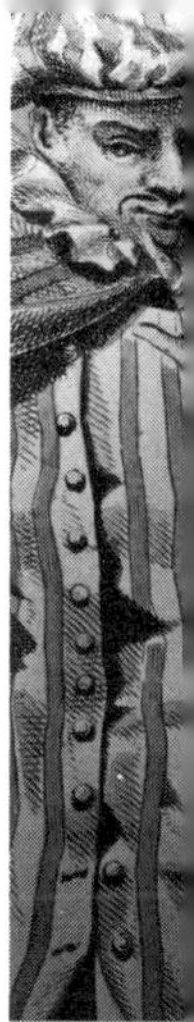

Le comique de caractère

11 Montrez qu'Argante se comporte de façon comique :

a. Relevez les expressions qui témoignent de son tempérament coléreux (l. 42-45 ; l. 61-63 ; l. 175).

b. Relevez les arguments qu'il prête aux coupables et qui traduisent son obsession (l. 1 à 27).

Le comique de mots

12 Par quels termes injurieux Argante désigne-t-il Sylvestre et son fils (l. 25-30 ; 176-178) ?

13 Les répétitions

> Les **répétitions** de termes sont sources de comique car ils produisent l'effet d'une mécanique.

Relevez les répliques qui se font écho à partir de la ligne 120. Sur quel ton chacune d'elles doit être prononcée ?

14 L'ironie

> L'**ironie** consiste à dire quelque chose en montrant bien qu'on pense le contraire.

Quel sens doit-on donner aux expressions « sage gouverneur de famille », « beau directeur de jeunes gens » (l. 31-33) ; « d'une belle manière », « fort sagement » (l. 35-37)?

15 « Il vaut mieux encore être marié qu'être mort » (l. 108-109) ; « Laisse-moi un peu quereller en repos » (l. 42-43) : en quoi ces phrases sont-elles amusantes ?

Les attentes du spectateur

16 Qui est Léandre ? Que dit Scapin de lui (l. 84-89) ? Commet-il selon vous une imprudence ? À quoi le spectateur peut-il s'attendre ?

17 Quelle information Argante fournit-il dans sa dernière réplique (l. 181-183)? Selon vous, peut-elle être importante pour l'action ?

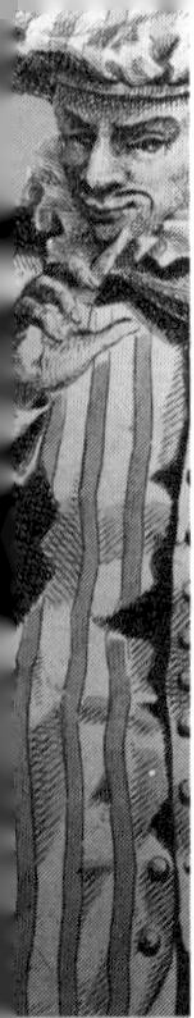

J'ÉTUDIE LA LANGUE

18 « Je serais d'avis que vous ne fissiez point de bruit » (l. 59-60). Indiquez le mode et l'infinitif du verbe « fissiez ». Réécrivez la phrase en utilisant un niveau de langage courant.

19 « Finissons ce discours qui m'échauffe la bile. » (l. 175)

a. Expliquez le sens de cette phrase.

b. La langue française actuelle utilise le mot « bile » dans plusieurs expressions. Que signifient-elles ?

– se faire de la bile.

– un tempérament bilieux.

– décharger sa bile sur quelqu'un.

POUR ALLER PLUS LOIN

Les relations parents-enfants au XVIIe siècle

20 Quels droits un père a-t-il sur ses enfants à l'époque de Molière ?

Scène 5

SCAPIN, SYLVESTRE.

SYLVESTRE. – J'avoue que tu es un grand homme, et voilà l'affaire en bon train, mais l'argent[1], d'autre part, nous presse pour notre subsistance, et nous avons de tous côtés des gens qui aboient après nous.

SCAPIN. – Laisse-moi faire, la machine[2] est trouvée. Je cherche seulement dans ma tête un homme qui nous soit affidé[3], pour jouer un personnage dont j'ai besoin. Attends. Tiens-toi un peu. Enfonce ton bonnet en méchant garçon. Campe-toi sur un pied. Mets ta main au côté. Fais les yeux furibonds. Marche un peu en roi de théâtre[4]. Voilà qui est bien. Suis-moi. J'ai les secrets pour déguiser ton visage et ta voix.

SYLVESTRE. – Je te conjure de ne m'aller point brouiller avec la justice.

SCAPIN. – Va, va, nous partagerons les périls en frères ; et trois ans de galères[5] de plus ou de moins ne sont pas pour arrêter un noble cœur.

1. **L'argent :** le besoin d'argent.
2. **La machine :** la ruse.
3. **Affidé :** dévoué.
4. **En roi de théâtre :** comme un acteur qui joue le rôle d'un roi, représenté au théâtre comme un personnage ventru et imposant.
5. **Galères :** navires de guerre sur lesquels les criminels étaient condamnés à ramer.

QUESTIONS SUR L'ACTE I, SCÈNE 5

AI-JE BIEN LU ?

1 Malgré l'aide de Scapin, Sylvestre exprime quelques inquiétudes. Lesquelles ?

2 Quelle « machine » Scapin a-t-il trouvée pour se sortir de la situation ?

J'ANALYSE LE TEXTE

Le comique de farce

— Le théâtre dans le théâtre

3 **a.** Scapin montre-t-il ici ses talents d'acteur (comme dans la scène 3) ou de metteur en scène ? Justifiez votre réponse.

b. Montrez en citant le texte qu'il utilise toutes les ressources du jeu théâtral : accessoire, tenue, démarche, regard, travail sur le visage et la voix.

c. Quel mode verbal utilise-t-il lignes 8 à 12 ?

— Le comique de geste et de situation

4 Le personnage que Scapin veut faire jouer à Sylvestre correspond-il à son caractère ? Justifiez votre réponse.

5 Imaginez le jeu de scène : les gestes et mimiques de Scapin et de Sylvestre. Comment réagit le spectateur ?

Deux valets de comédie

6 **a.** Sylvestre admire-t-il Scapin ? Pourquoi ? Justifiez votre réponse.

b. Pour quelle raison lui associe-t-il le mot « justice » (l. 14) ?

7 Quelle expression montre que malgré leurs différences, les deux valets ont les mêmes origines sociales ?

8 Montrez en citant le texte que Scapin a le sens de l'humour (il sait prendre à la légère des choses graves).

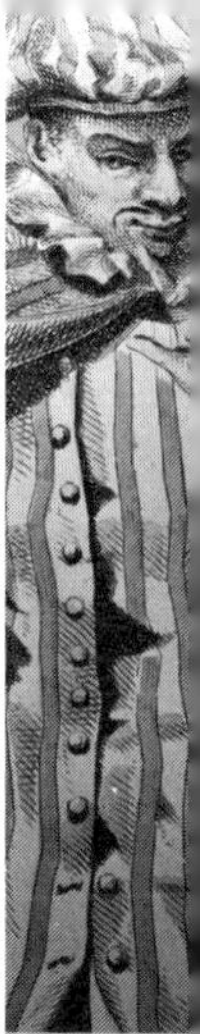

J'ÉTUDIE LA LANGUE

9 Que signifie le mot « machine » dans la phrase : « La machine est trouvée » (l. 5) ?
Donnez le sens des expressions suivantes construites à partir du mot machine ou mots de la même famille.

a. la machine à café.
b. faire machine arrière.
c. la machinerie au théâtre.
d. la machinerie d'un navire.
e. faire un geste machinal.
f. une machination

POUR ALLER PLUS LOIN

Les galères et les galériens

Les galériens étaient des volontaires, ou des esclaves, ou des condamnés. Comme le travail de la rame et la discipline du bord étaient très rudes, les volontaires – les bonnevoglie – étaient rares. Colbert[1] pensait, d'ailleurs, qu'il n'y avait pas de bons services à attendre de « gens de liberté ». Il préférait les esclaves. Les Turcs pris dans les combats contre les Barbaresques étaient envoyés aux galères. On en achetait à certains marchés, Livourne, Gênes, Malte surtout, où le grand maître de l'ordre tirait gros du profit de cette marchandise. Les consuls des villes méditerranéennes s'engageaient par traité à « une fourniture de Turcs ». […] Le Turc valait de trois à quatre cents livres. Il était bon galérien, vigoureux assez pour ramer au haut de la rame, qui était l'endroit pénible. Invalide, on le revendait. […]

Ernest Lavisse, *Louis XIV*, Coll. « Bouquins », Éd. Laffont, 1989.

1. **Colbert :** ministre de Louis XIV.

ACTE II

Scène première

GÉRONTE, ARGANTE.

GÉRONTE. – Oui, sans doute, par le temps qu'il fait, nous aurons ici nos gens[1] aujourd'hui ; et un matelot qui vient de Tarente m'a assuré qu'il avait vu mon homme[2] qui était près de s'embarquer. Mais l'arrivée de ma fille trouvera les choses mal disposées à ce que nous nous proposions[3], et ce que vous venez de m'apprendre de votre fils rompt étrangement les mesures[4] que nous avions prises ensemble.

ARGANTE. – Ne vous mettez pas en peine ; je vous réponds de renverser tout cet obstacle, et j'y travaille de ce pas.

GÉRONTE. – Ma foi, seigneur Argante, voulez-vous que je vous dise ? l'éducation des enfants est une chose à quoi il faut s'attacher fortement.

ARGANTE. – Sans doute. À quel propos cela ?

GÉRONTE. – À propos de ce que les mauvais déportements[5] des jeunes gens viennent le plus souvent de la mauvaise éducation que leurs pères leur donnent.

ARGANTE. – Cela arrive parfois. Mais que voulez-vous dire par là ?

---

1. Nos gens : la famille et les domestiques de Géronte.
2. Mon homme : personne chargée de ramener la fille de Géronte de Tarente à Naples. On apprendra plus tard (III, 6) que cette fille a quitté depuis longtemps Tarente pour venir à Naples.
3. Les choses mal disposées à ce que nous nous proposions : une situation qui contrarie nos projets.
4. Les mesures : les décisions.
5. Déportements : comportements, conduites.

GÉRONTE. – Ce que je veux dire par là ?

ARGANTE. – Oui.

GÉRONTE. – Que, si vous aviez, en brave père, bien morigéné[6] votre fils, il ne vous aurait pas joué le tour qu'il vous a fait.

ARGANTE. – Fort bien. De sorte donc que vous avez bien morigéné le vôtre ?

GÉRONTE. – Sans doute, et je serais bien fâché qu'il m'eût rien fait approchant de cela[7].

ARGANTE. – Et si ce fils que vous avez, en brave père, si bien morigéné, avait fait pis encore que le mien[8], eh ?

GÉRONTE. – Comment ?

ARGANTE. – Comment ?

GÉRONTE. – Qu'est-ce que cela veut dire ?

ARGANTE. – Cela veut dire, seigneur Géronte, qu'il ne faut pas être si prompt[9] à condamner la conduite des autres, et que ceux qui veulent gloser[10] doivent bien regarder chez eux s'il n'y a rien qui cloche.

GÉRONTE. – Je n'entends point[11] cette énigme.

ARGANTE. – On vous l'expliquera.

GÉRONTE. – Est-ce que vous auriez ouï dire quelque chose de mon fils ?

ARGANTE. – Cela se peut faire.

GÉRONTE. – Et quoi encore ?

---

6. **Morigéné :** éduqué.
7. **Qu'il m'eût rien fait approchant de cela :** s'il m'avait fait quelque chose de semblable.
8. Voir Acte I, sc. 4, l. 87 à 89.
9. **Prompt :** rapide.
10. **Gloser :** critiquer.
11. **Je n'entends point :** je ne comprends pas.

ARGANTE. – Votre Scapin, dans mon dépit[12], ne m'a dit la chose qu'en gros, et vous pourrez, de lui ou de quelque autre, être instruit du détail. Pour moi, je vais vite consulter un avocat, et aviser des biais[13] que j'ai à prendre. Jusqu'au revoir.

Argante et Géronte, projet de costumes de W. R. Fürst, Paris, Bibliothèque de l'Arsenal.

12. Dépit : colère.

13. Biais : moyens, mesures.

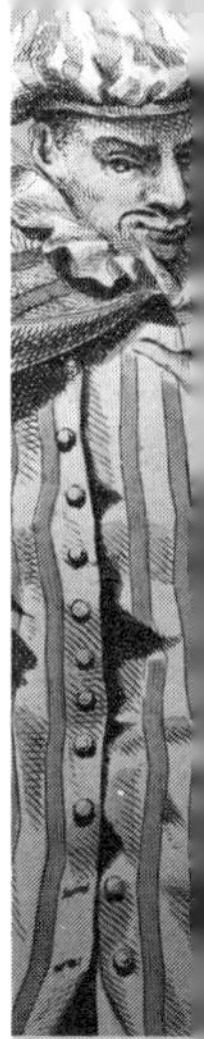

QUESTIONS SUR L'ACTE II, SCÈNE 1

AI-JE BIEN LU ?

1 Qui sont Argante et Géronte ?

2 **a.** Quels projets Argante et Géronte avaient-ils formés pour leurs enfants ?

b. Quelle nouvelle Géronte vient-il d'apprendre ? En quoi cette nouvelle remet-elle en cause leurs projets ?

c. Comment Argante pense-t-il résoudre l'affaire ?

3 Quel propos de Scapin Argante répète-t-il à Géronte ?

4 Quel est l'état de Géronte à la fin de la scène ?

J'ANALYSE LE TEXTE

Le comique de farce

— Le renversement de situation

5 **a.** « L'éducation des enfants est une chose à quoi il faut s'attacher fortement » (l. 11-12) : quel reproche Géronte adresse-t-il indirectement à Argante ?

b. À partir de quelle réplique Argante prend-il sa revanche et inverse-t-il la situation ?

c. « Votre Scapin » (l. 43) : quel sens Argante donne-t-il au déterminant possessif « votre » ?

6 Géronte comprend-il ce qui lui arrive ?

— Jeu de symétrie

> Les **répliques symétriques** s'enchaînent à partir de répétitions et de reprises de mots ou d'expressions. L'impression de rebond mécanique crée un effet comique.

7 Relevez les répétitions et les reprises de termes (l. 17-36).

8 Associez à chacune des répliques suivantes le ton qui convient : *ironie, supériorité / ton moralisateur, certitude / assurance, incompréhension, triomphe, menace, revanche / insinuation.*

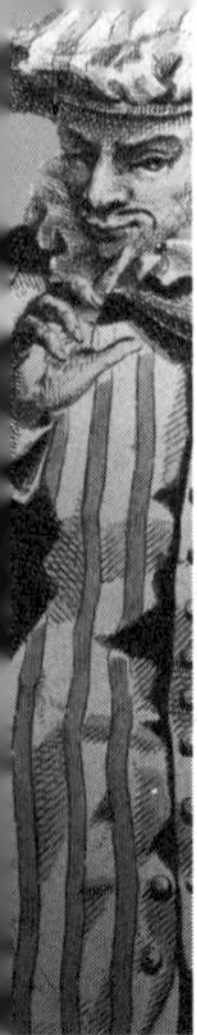

a. « Mais que voulez-vous dire par là ? » (l. 17-18)
b. « Ce que je veux dire par là ? » (l. 19)
c. « [...], si vous aviez, en brave père, bien morigéné votre fils... » (l. 21-22)
d. « De sorte donc que vous avez bien morigéné le vôtre ? » (l. 24-25)
e. « [...], et je serais bien fâché qu'il m'eût rien fait approchant de cela. » (l. 26-27)
f. « Et si ce fils [...] avait fait pis encore que le mien, eh ? » (l. 28-29)
g. « Comment ? » (l. 30)
h. « Comment ? » (l. 31)

Les attentes du spectateur

9 « Et si ce fils [...] avait fait pis encore... » (l. 28-29) : retrouvez dans la scène 4 de l'acte I le passage où il est question des agissements de Léandre. Qui a trahi le jeune homme ? Que peut-il se passer ?

J'ÉTUDIE LA LANGUE

10 « Je n'entends point cette énigme » (l. 37) : donnez le sens du verbe « entendre » dans cette phrase.

11 **a.** D'après l'expression « jusqu'au revoir » (l. 47), que signifie la formule « au revoir » que nous utilisons aujourd'hui ?
b. À partir de cet exemple, devinez l'origine du mot« adieu ».

J'ÉCRIS

Exprimer un point de vue

12 « L'éducation des enfants est une chose à quoi il faut s'attacher fortement.» (l. 11-12). Avez-vous une idée de la façon dont vous élèverez vos enfants plus tard ? Rédigez un paragraphe dans lequel vous exprimerez votre point de vue.

Scène 2

LÉANDRE, GÉRONTE.

GÉRONTE, *seul.* – Que pourrait-ce être que cette affaire-ci ? Pis encore que le sien ! Pour moi, je ne vois pas ce que l'on peut faire de pis, et je trouve que se marier sans le consentement de son père est une action qui passe tout ce qu'on peut s'imaginer. Ah ! vous voilà !

LÉANDRE, *en courant à lui pour l'embrasser.* – Ah ! mon père, que j'ai de joie de vous voir de retour !

GÉRONTE, *refusant de l'embrasser.* – Doucement. Parlons un peu d'affaire.

LÉANDRE. – Souffrez[1] que je vous embrasse, et que...

GÉRONTE, *le repoussant encore.* – Doucement, vous dis-je.

LÉANDRE. – Quoi ! Vous me refusez, mon père, de vous exprimer mon transport[2] par mes embrassements ?

GÉRONTE. – Oui. Nous avons quelque chose à démêler[3] ensemble.

LÉANDRE. – Et quoi ?

GÉRONTE. – Tenez-vous, que je vous voie en face.

LÉANDRE. – Comment ?

GÉRONTE. – Regardez-moi entre deux yeux.

LÉANDRE. – Hé bien ?

1. **Souffrez :** acceptez. 2. **Mon transport :** ma joie. 3. **Démêler :** éclaircir.

GÉRONTE. – Qu'est-ce donc qu'il s'est passé ici ?

LÉANDRE. – Ce qui s'est passé ?

GÉRONTE. – Oui. Qu'avez-vous fait dans mon absence ?

LÉANDRE. – Que voulez-vous, mon père, que j'aie fait ?

GÉRONTE. – Ce n'est pas moi qui veux que vous ayez fait, mais qui demande ce que c'est que vous avez fait.

LÉANDRE. – Moi ? je n'ai fait aucune chose dont vous ayez lieu de vous plaindre.

GÉRONTE. – Aucune chose ?

LÉANDRE. – Non.

GÉRONTE. – Vous êtes bien résolu[4].

LÉANDRE. – C'est que je suis sûr de mon innocence.

GÉRONTE. – Scapin pourtant a dit de vos nouvelles.

LÉANDRE. – Scapin !

GÉRONTE. – Ah ! ah ! ce mot vous fait rougir.

LÉANDRE. – Il vous a dit quelque chose de moi ?

GÉRONTE. – Ce lieu n'est pas tout à fait propre à vider cette affaire[5], et nous allons l'examiner ailleurs. Qu'on se rende au logis. J'y vais revenir tout à l'heure. Ah ! traître, s'il faut que tu me déshonores, je te renonce pour mon fils, et tu peux bien pour jamais te résoudre à fuir de ma présence[6].

---

4. Résolu : sûr de vous.

5. Vider cette affaire : résoudre cette question.

6. Je te renonce par mon fils et tu peux bien pour jamais te résoudre à fuir de ma présence : je te renie et tu ne pourras plus jamais paraître devant moi.

QUESTIONS SUR L'ACTE II, SCÈNE 2

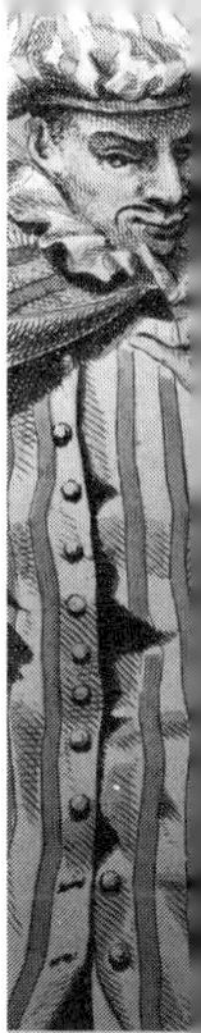

AI-JE BIEN LU ?

1 Quels personnages se retrouvent ?

2 **a.** Que cherche à savoir Géronte ?
b. Qui a éveillé ses soupçons ? Obtient-il une réponse de son fils ?

3 De quoi le menace-t-il à la fin de la scène ?

J'ANALYSE LE TEXTE

Le langage théâtral

— Les didascalies

> Les didascalies sont des indications scéniques : elles précisent les jeux de scène, le ton, les prises de parole des personnages.

4 **a.** À qui les didascalies sont-elles destinées ? Nourrissent-elles le comique de gestes, de mots, de caractère ou de situation ?
b. Quel type d'indications les didascalies fournissent-elles ici ?

— Le dialogue et le monologue

5 **a.** Repérez un monologue. Qui parle ?
b. Quel pronom marque le passage du monologue au dialogue ?

La relation père-fils

6 **a.** Comment Léandre montre-t-il son affection à son père ?
b. Pourquoi selon vous ces marques de tendresse ?

7 Léandre jure qu'il n'a rien fait de mal (l. 27-28). Dit-il la vérité ? Reportez-vous à la scène 2 de l'acte I : qu'a-t-il fait au juste ?

Le comique de farce

— Le comique de mots

8 Relisez les lignes 25-26. À quelle réplique de Léandre Géronte répond-il? Montrez qu'il joue sur le sens du verbe « vouloir ».

— Le comique de geste et de situation

9 Quels gestes sont comiques lignes 6 à 20 ? Appuyez-vous sur les didascalies et sur la réplique de la ligne 19.

10 Montrez que Léandre et son père jouent au chat et à la souris :

a. Géronte sait-il précisément ce qu'a fait son fils durant son absence ?

b. Léandre a-t-il une idée exacte de ce que sait son père ? Que croit-il lorsque son père lui dit : « Scapin pourtant a dit de vos nouvelles » (l. 33) ?

c. Que sait le spectateur ? Imaginez ses réactions.

J'ÉTUDIE LA LANGUE

11 « J'y vais revenir tout à l'heure » (l. 39).

a. Quel mot le pronom « y » reprend-il ?

b. Récrivez la phrase en français d'aujourd'hui. Où se trouve le pronom ?

J'ÉCRIS

Exercice de réécriture

12 Sans changer le sens général de la phrase, récrivez ces répliques en évitant le mot « chose ».

a. – « Nous avons quelque chose à démêler ensemble » (l. 14-15).

b. – « Je n'ai fait aucune chose dont vous ayez lieu de vous plaindre » (l. 27-28).

c. – « Il vous a dit quelque chose de moi ? » (l. 36).

JE METS EN SCÈNE

13 Relevez les phrases de type exclamatif et interrogatif. Qui les prononce ? Quels sentiments traduisent-elles ? Sur quel ton doivent-elles être dites ?

Scène 3

OCTAVE, SCAPIN, LÉANDRE.

LÉANDRE, *seul*. – Me trahir de cette manière ! Un coquin, qui doit par cent raisons être le premier à cacher les choses que je lui confie, est le premier à les aller découvrir[1] à mon père ! Ah ! je jure le Ciel que cette trahison ne demeurera pas impunie.

OCTAVE. – Mon cher Scapin, que ne dois-je point à tes soins ! Que tu es un homme admirable ! et que le Ciel m'est favorable de t'envoyer à mon secours !

LÉANDRE. – Ah ! ah ! vous voilà. Je suis ravi de vous trouver, Monsieur le coquin.

SCAPIN. – Monsieur, votre serviteur. C'est trop d'honneur que vous me faites.

LÉANDRE, *mettant l'épée à la main*. – Vous faites le méchant plaisant ? Ah ! je vous apprendrai...

SCAPIN, *se mettant à genoux*. – Monsieur !

OCTAVE, *se mettant entre eux pour empêcher Léandre de le frapper*. – Ah ! Léandre !

LÉANDRE. – Non, Octave, ne me retenez point, je vous prie.

SCAPIN, *à Léandre*. – Eh ! Monsieur !

OCTAVE, *le retenant*. – De grâce !

1. **Aller découvrir** : révéler.

LÉANDRE, *voulant frapper Scapin.* – Laissez-moi contenter mon ressentiment[2].

OCTAVE. – Au nom de l'amitié, Léandre, ne le maltraitez point !

SCAPIN. – Monsieur, que vous ai-je fait ?

Gravure pour *Les Fourberies de Scapin*, 1671, Paris, Bibliothèque Nationale.

2. Contenter mon ressentiment : exprimer ma colère.

Léandre, *voulant le frapper.* – Ce que tu m'as fait, traître ?

Octave, *le retenant.* – Eh ! doucement !

Léandre. – Non, Octave, je veux qu'il me confesse lui-même tout à l'heure[3] la perfidie[4] qu'il m'a faite. Oui, coquin, je sais le trait[5] que tu m'as joué, on vient de me l'apprendre, et tu ne croyais pas peut-être que l'on me dût révéler ce secret ; mais je veux en avoir la confession de ta propre bouche, ou je vais te passer cette épée au travers du corps.

Scapin. – Ah ! Monsieur, auriez-vous bien ce cœur-là ?

Léandre. – Parle donc.

Scapin. – Je vous ai fait quelque chose, Monsieur ?

Léandre. – Oui, coquin, et ta conscience ne te dit que trop ce que c'est.

Scapin. – Je vous assure que je l'ignore.

Léandre, *s'avançant pour le frapper.* – Tu l'ignores !

Octave, *le retenant.* – Léandre !

Scapin. – Eh bien ! Monsieur, puisque vous le voulez, je vous confesse que j'ai bu avec mes amis ce petit quartaut[6] de vin d'Espagne dont on vous fit présent il y a quelques jours, et que c'est moi qui fis une fente au tonneau, et répandis de l'eau autour pour faire croire que le vin s'était échappé.

Léandre. – C'est toi, pendard, qui m'as bu mon vin d'Espagne, et qui a été cause que j'ai tant querellé la servante, croyant que c'était elle qui m'avait fait le tour ?

Scapin. – Oui, Monsieur, je vous en demande pardon.

Léandre. – Je suis bien aise d'apprendre cela ; mais ce n'est pas l'affaire dont il est question maintenant.

---

3. Tout à l'heure : immédiatement.
4. La perfidie : la trahison.
5. Le trait : le tour.
6. Quartaut : petit tonneau.

SCAPIN. – Ce n'est pas cela, Monsieur ?

LÉANDRE. – C'est une autre affaire qui me touche bien plus, et je veux que tu me la dises.

SCAPIN. – Monsieur, je ne me souviens pas d'avoir fait autre chose.

LÉANDRE, *voulant le frapper.* – Tu ne veux pas parler ?

SCAPIN. – Eh !

OCTAVE, *le retenant.* – Tout doux !

SCAPIN. – Oui, Monsieur, il est vrai qu'il y a trois semaines que vous m'envoyâtes porter, le soir, une petite montre à la jeune Égyptienne que vous aimez. Je revins au logis, mes habits tout couverts de boue et le visage plein de sang, et vous dis que j'avais trouvé des voleurs qui m'avaient bien battu et m'avaient dérobé la montre. C'était moi, Monsieur, qui l'avais retenue[7].

LÉANDRE. – C'est toi qui a retenu ma montre ?

SCAPIN. – Oui, Monsieur, afin de voir quelle heure il est.

LÉANDRE. – Ah ! ah ! j'apprends ici de jolies choses, et j'ai un serviteur fort fidèle, vraiment. Mais ce n'est pas encore cela que je demande.

SCAPIN. – Ce n'est pas cela ?

LÉANDRE. – Non, infâme ; c'est autre chose encore que je veux que tu me confesses.

SCAPIN, *à part.* – Peste !

LÉANDRE. – Parle vite, j'ai hâte.

SCAPIN. – Monsieur, voilà tout ce que j'ai fait.

LÉANDRE, *voulant frapper Scapin.* – Voilà tout ?

---

7. Retenue : gardée.

OCTAVE, *se mettant au-devant.* – Eh !

SCAPIN. – Eh bien ! oui Monsieur, vous vous souvenez de ce loup-garou[8], il y a six mois, qui vous donna tant de coups de bâton, la nuit, et vous pensa faire rompre le cou[9] dans une cave où vous tombâtes en fuyant.

LÉANDRE. – Hé bien ?

SCAPIN. – C'était moi, Monsieur, qui faisais le loup-garou.

LÉANDRE. – C'était toi, traître, qui faisais le loup-garou ?

SCAPIN. – Oui, Monsieur, seulement pour vous faire peur et vous ôter l'envie de me faire courir toutes les nuits, comme vous aviez coutume.

LÉANDRE. – Je saurai me souvenir en temps et lieu de tout ce que je viens d'apprendre. Mais je veux venir au fait, et que tu me confesses ce que tu as dit à mon père.

SCAPIN. – À votre père ?

LÉANDRE. – Oui, fripon, à mon père.

SCAPIN. – Je ne l'ai pas seulement vu depuis son retour.

LÉANDRE. – Tu ne l'as pas vu ?

SCAPIN. – Non, Monsieur.

LÉANDRE. – Assurément ?

SCAPIN. – Assurément. C'est une chose que je vais vous faire dire par lui-même.

LÉANDRE. – C'est de sa bouche que je le tiens, pourtant.

SCAPIN. – Avec votre permission, il n'a pas dit la vérité.

---

8. Loup-garou : homme qui se transforme en loup la nuit.
9. Vous pensa faire rompre le cou : faillit vous faire rompre le cou.

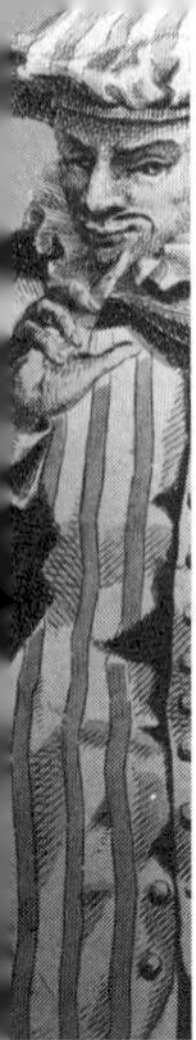

QUESTIONS SUR L'ACTE II, SCÈNE 3

AI-JE BIEN LU ?

❶ Quels personnages sont sur scène ? Qui sont-ils les uns par rapport aux autres ?

❷ Pourquoi Scapin est-il dans une situation délicate ? De quoi Léandre le menace-t-il ?

❸ Pourquoi est-il amené à confesser ses différents méfaits ?

❹ **a.** Scapin affirme ne pas avoir vu Géronte, est-ce la vérité ?
b. Rappelez dans quelles circonstances il a été conduit à trahir Léandre (I, 4).

❺ Léandre est-il aussi sûr de son accusation à la fin de la scène ?

J'ANALYSE LE TEXTE

Les relations entre les personnages

❻ **a.** Comment la violence verbale et physique de Léandre se manifeste-t-elle ?
b. Pourquoi Léandre en veut-il à ce point à Scapin ?

❼ Qui s'interpose pour protéger Scapin ? Pourquoi ?

❽ Voici diverses réactions de Scapin vis-à-vis de Léandre : *incompréhension, peur, regret, franchise, ironie, incrédulité*. Retrouvez les répliques correspondantes, parmi les suivantes :
a. « Monsieur votre serviteur, c'est trop d'honneur que vous me faites. » (l. 11-12)
b. « Monsieur ! » (l. 15) ; « Eh ! Monsieur ! » (l. 19)
c. « Monsieur, que vous ai-je fait ? » (l. 25) ; « Je vous assure que je l'ignore. » (l. 39)
d. « Oui, monsieur, je vous en demande pardon. » (l. 50)
e. « Ce n'est pas cela ? » (l. 73)
f. « Monsieur, voilà tout ce que j'ai fait. » (l. 78)

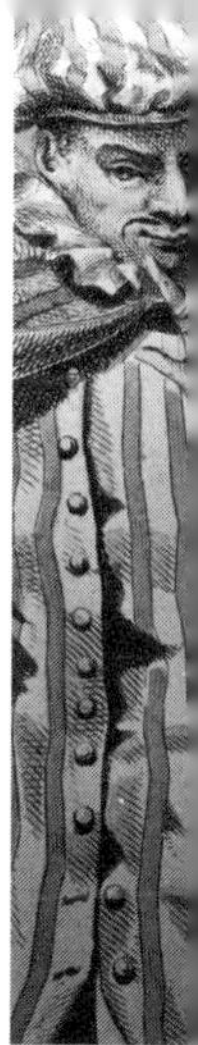

Le comique de farce

— Le comique de mots

9 Quels différents jugements Léandre et Octave portent-ils sur Scapin (l. 1-8) ? Relevez les termes qui s'opposent.

— Le comique de geste

10 Lisez les didascalies. En quoi la scène repose-t-elle en grande partie sur un comique de gestes et de mouvements ?

— Le comique de situation

11 **a.** Quelle confession Léandre exige-t-il de Scapin ? Scapin sait-il de quoi on l'accuse ?

b. Quels méfaits le valet avoue-t-il avoir commis ? Pourquoi fait-il cette cascade d'aveux ?

c. Quelle est la réaction de Scapin quand, à chaque fois, il constate qu'il s'accuse pour rien ? En quoi la situation est-elle comique ?

12 Comment réagit Léandre à chacun de ces aveux (l. 47-49, 68, 87) ?

J'ÉTUDIE LA LANGUE

13 **a.** Dans les lignes 81 à 84, quel est le temps des verbes « donna », « pensa », « tombâtes » ?

b. Récrivez ce passage au passé composé.

J'ÉCRIS

Écrire une scène de théâtre

14 Scapin raconte à Sylvestre un des méfaits qu'il a commis.

CONSIGNES D'ÉCRITURE

- Choisissez le méfait. Respectez la situation et les personnages. Ajoutez des détails (moment, lieu...).
- Faites intervenir Sylvestre, à la fois inquiet et admiratif.
- Respectez les codes du dialogue théâtral.

ACTE II

Scène 4

CARLE, SCAPIN, LÉANDRE, OCTAVE.

CARLE. – Monsieur, je vous apporte une nouvelle qui est fâcheuse pour votre amour.

LÉANDRE. – Comment ?

CARLE. – Vos Égyptiens sont sur le point de vous enlever Zerbinette, et elle-même, les larmes aux yeux, m'a chargé de venir promptement vous dire que, si dans deux heures vous ne songez à leur porter l'argent qu'ils vous ont demandé pour elle, vous l'allez perdre pour jamais.

LÉANDRE. – Dans deux heures ?

CARLE. – Dans deux heures.

LÉANDRE. – Ah ! mon pauvre Scapin ! j'implore ton secours.

SCAPIN, *passant devant lui avec un air fier.* – « Ah ! mon pauvre Scapin ! » je suis « mon pauvre Scapin » à cette heure qu'on a besoin de moi.

LÉANDRE. – Va, je te pardonne tout ce que tu viens de me dire, et pis encore, si tu me l'as fait.

SCAPIN. – Non, non, ne me pardonnez rien. Passez-moi votre épée au travers du corps. Je serai ravi que vous me tuiez.

LÉANDRE. – Non. Je te conjure plutôt de me donner la vie en servant mon amour.

SCAPIN. – Point, point, vous ferez mieux de me tuer.

LÉANDRE. – Tu m'es trop précieux ; et je te prie de vouloir employer pour moi ce génie admirable qui vient à bout de toute chose.

SCAPIN. – Non, tuez-moi, vous dis-je.

LÉANDRE. – Ah ! de grâce, ne songe plus à tout cela, et pense à me donner le secours[1] que je te demande.

OCTAVE. – Scapin, il faut faire quelque chose pour lui.

SCAPIN. – Le moyen, après une avanie[2] de la sorte ?

LÉANDRE. – Je te conjure d'oublier mon emportement et de me prêter ton adresse.

OCTAVE. – Je joins mes prières aux siennes.

SCAPIN. – J'ai cette insulte-là sur le cœur.

OCTAVE. – Il faut quitter ton ressentiment[3].

LÉANDRE. – Voudrais-tu m'abandonner, Scapin, dans la cruelle extrémité[4] où se voit mon amour ?

SCAPIN. – Me venir faire à l'improviste un affront comme celui-là !

LÉANDRE. – J'ai tort, je le confesse.

SCAPIN. – Me traiter de coquin, de fripon, de pendard, d'infâme !

LÉANDRE. – J'en ai tous les regrets du monde.

SCAPIN. – Me vouloir passer son épée au travers du corps !

LÉANDRE. – Je t'en demande pardon de tout mon cœur ; et, s'il ne tient qu'à me jeter à tes genoux, tu m'y vois, Scapin, pour te conjurer encore une fois de ne me point abandonner.

---

1. **Le secours :** l'aide.
2. **Avanie :** insulte.
3. **Quitter ton ressentiment :** apaiser ta colère.
4. **Cruelle extrémité :** situation dramatique.

OCTAVE. – Ah ! ma foi, Scapin, il se faut rendre à cela.

SCAPIN. – Levez-vous. Une autre fois, ne soyez point si prompt.

LÉANDRE. – Me promets-tu de travailler pour moi ?

SCAPIN. – On y songera.

LÉANDRE. – Mais tu sais que le temps presse !

SCAPIN. – Ne vous mettez pas en peine. Combien est-ce qu'il vous faut ?

LÉANDRE. – Cinq cents écus[5].

SCAPIN. – Et à vous ?

OCTAVE. – Deux cents pistoles[6].

SCAPIN. – Je veux tirer cet argent de vos pères. *(À Octave.)* Pour ce qui est du vôtre, la machine est déjà toute trouvée. *(À Léandre.)* Et quant au vôtre, bien qu'avare au dernier degré, il y faudra moins de façons encore ; car vous savez que, pour l'esprit, il n'en a pas, grâces à Dieu, grande provision, et je le livre[7] pour une espèce d'homme à qui l'on fera toujours croire tout ce que l'on voudra. Cela ne vous offense point, il ne tombe entre lui et vous aucun soupçon de ressemblance[8]... Mais j'aperçois venir le père d'Octave. Commençons par lui, puisqu'il se présente. Allez-vous-en tous deux. *(À Octave.)* Et vous, avertissez votre Sylvestre de venir vite jouer son rôle.

---

5. Écu : monnaie de l'époque. L'écu est une pièce d'argent valant trois livres (voir page 83).

6. Pistole : pièce de monnaie valant dix livres. Ces sommes sont considérables pour l'époque.

7. Je le livre : je le considère comme.

8. Il ne tombe entre lui et vous aucun soupçon de ressemblance : il n'y a aucune ressemblance entre lui et vous.

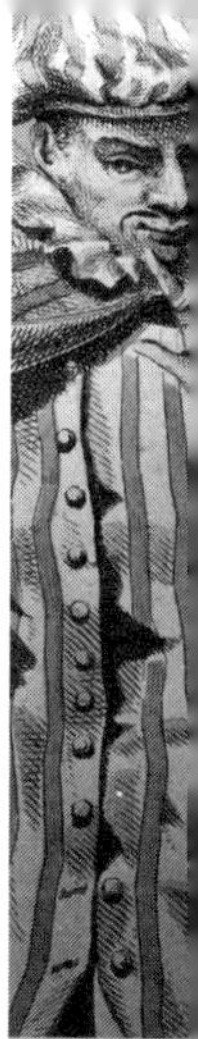

QUESTIONS SUR L'ACTE II, SCÈNE 4

AI-JE BIEN LU ?

1. Quelle nouvelle Carle vient-il apporter ?
2. Pourquoi Léandre a-t-il désormais besoin de Scapin ?
3. Scapin va-t-il faire quelque chose pour lui ?
4. Rappelez ce que doit faire Scapin pour Octave.
5. Comment Scapin compte-t-il se procurer de l'argent ?

J'ANALYSE LE TEXTE

Le comique de farce

— Le coup de théâtre et le renversement de situation

> Le **coup de théâtre** est un événement imprévu qui provoque un changement profond dans la situation des personnages.

6. **a.** Quel événement constitue un coup de théâtre ?
b. En quoi provoque-t-il un renversement de situation ?

7. **a.** De quelle façon Scapin prend-il sa revanche ?
b. Relevez les répliques dans lesquelles Scapin fait le fier tandis que Léandre supplie son valet et le flatte.
c. Dans quelle position Léandre se met-il face à Scapin (l. 46-49) ? Comparez avec la scène 3 (l. 15, p. 61). En quoi est-ce comique ?

8. Pourquoi Scapin cède-t-il à la demande de Léandre ?

9. Octave a-t-il le même comportement vis-à-vis de Léandre que dans la scène précédente ? Pourquoi ?

— L'ironie (voir la définition p. 47)

10. **a.** « Cela ne vous offense point, il ne tombe entre lui et vous aucun soupçon de ressemblance » (l. 67-69). Que signifie cette phrase ? (Aidez-vous de la note.)
b. À votre avis, Scapin pense-t-il ce qu'il dit ? Justifiez votre réponse en vous appuyant sur la scène précédente.

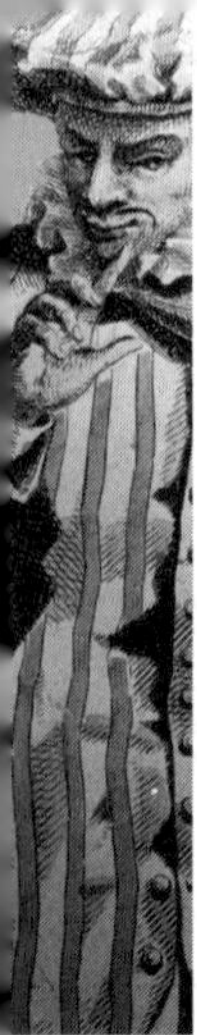

Les attentes du spectateur

11 Quelle sera la première victime de Scapin ? Citez le texte.

12 « Et vous, avertissez votre Sylvestre de venir vite jouer son rôle. » (l. 71-72) : dans quelle scène ce rôle a-t-il été annoncé ? Ce dernier comprend-il mieux maintenant le plan de Scapin ?

J'ÉTUDIE LA LANGUE

Il y a quatre types de phrases :
- la phrase **déclarative** assure un fait ;
- la phrase **interrogative** pose une question ;
- la phrase **exclamative** exprime un sentiment, une émotion ;
- la phrase **injonctive** donne un ordre.

13 Identifiez les types de phrases :

a. « Monsieur, je vous apporte une nouvelle qui est fâcheuse pour votre amour » (l. 1-2).

b. « Non, non, ne me pardonnez rien. Passez-moi votre épée au travers du corps » (l. 18-19).

c. « Me traiter de coquin de fripon, de pendard, d'infâme ! » (l. 42-43).

d. « Combien est-ce qu'il vous faut ? » (l. 56-57).

JE METS EN SCÈNE

L'intonation

14 Voici une gamme de tons qui permet d'exprimer des sentiments divers : autoritaire, buté, suppliant, supérieur. Faites correspondre à chaque ton une des répliques de la scène.

La physionomie et les attitudes

15 Donnez à votre visage un masque autoritaire, buté, suppliant, supérieur. Traduisez les mêmes sentiments par votre maintien, puis par votre démarche.

Scène 5

ARGANTE, SCAPIN.

SCAPIN, *à part.* – Le voilà qui rumine.

ARGANTE, *se croyant seul.* – Avoir si peu de conduite et de considération[1] ! S'aller jeter dans un engagement comme celui-là ! Ah ! ah ! jeunesse impertinente[2] !

SCAPIN. – Monsieur, votre serviteur.

ARGANTE. – Bonjour, Scapin.

SCAPIN. – Vous rêvez à l'affaire de votre fils ?

ARGANTE. – Je t'avoue que cela me donne un furieux chagrin.

SCAPIN. – Monsieur, la vie est mêlée de traverses[3]. Il est bon de s'y tenir sans cesse préparé ; et j'ai ouï dire, il y a long-temps, une parole d'un ancien que j'ai toujours retenue.

ARGANTE. – Quoi ?

SCAPIN. – Que, pour peu qu'un père de famille ait été absent de chez lui, il doit promener son esprit sur tous les fâcheux accidents que son retour peut rencontrer : se figurer sa maison brûlée, son argent dérobé, sa femme morte, son fils estropié, sa fille subornée[4] ; et ce qu'il trouve qu'il ne lui est point arrivé, l'imputer à bonne fortune[5]. Pour moi, j'ai pratiqué toujours cette leçon dans

1. **Considération :** réflexion.
2. **Impertinente :** qui agit en dépit du bon sens.
3. **Traverses :** obstacles.
4. **Subornée :** séduite.
5. **L'imputer à bonne fortune :** l'attribuer à la chance.

ma petite philosophie, et je ne suis jamais revenu au logis que je ne me sois tenu prêt à la colère de mes maîtres, aux réprimandes, aux injures, aux coups de pied au cul, aux bastonnades, aux étrivières[6], et ce qui a manqué m'arriver, j'en ai rendu grâces à mon bon destin.

ARGANTE. – Voilà qui est bien ; mais ce mariage impertinent, qui trouble celui que nous voulons faire, est une chose que je ne puis souffrir, et je viens de consulter des avocats pour le faire casser[7].

SCAPIN. – Ma foi, Monsieur, si vous m'en croyez, vous tâcherez par quelque autre voie d'accommoder l'affaire. Vous savez ce que c'est que les procès en ce pays-ci, et vous allez vous enfoncer dans d'étranges épines[8].

ARGANTE. – Tu as raison, je le vois bien. Mais quelle autre voie ?

SCAPIN. – Je pense que j'en ai trouvé une. La compassion que m'a donnée tantôt votre chagrin m'a obligé à chercher dans ma tête quelque moyen pour vous tirer d'inquiétude : car je ne saurais voir d'honnêtes pères chagrinés par leurs enfants que cela ne m'émeuve, et de tout temps je me suis senti pour votre personne une inclination[9] particulière.

ARGANTE. – Je te suis obligé[10].

SCAPIN. – J'ai donc été trouver le frère de cette fille qui a été épousée. C'est un de ces braves de profession[11], de ces gens qui sont tous coups d'épée, qui ne parlent que

---

6. **Aux étrivières :** au fouet.
7. **Casser :** annuler.
8. **Épines :** de gros problèmes.
9. **Inclination :** affection.
10. **Je te suis obligé :** je te remercie.
11. **Braves de profession :** tueurs à gages, mercenaires.

d'échiner[12], et ne font non plus de conscience de tuer un homme que d'avaler un verre de vin. Je l'ai mis sur ce mariage, lui ai fait voir quelle facilité offrait la raison de la violence[13] pour le faire casser, vos prérogatives du nom de père[14], et l'appui que vous donneraient auprès de la justice et votre droit, et votre argent, et vos amis. Enfin, je l'ai tant tourné de tous les côtés qu'il a prêté l'oreille aux propositions que je lui ai faites d'ajuster[15] l'affaire pour quelque somme, et il donnera son consentement à rompre le mariage, pourvu que vous lui donniez de l'argent.

ARGANTE. – Et qu'a-t-il demandé ?

SCAPIN. – Oh ! d'abord, des choses par-dessus les maisons.

ARGANTE. – Et quoi ?

SCAPIN. – Des choses extravagantes.

ARGANTE. – Mais encore ?

SCAPIN. – Il ne parlait pas moins que de cinq ou six cent pistoles.

ARGANTE. – Cinq ou six cents fièvres quartaines[16] qui le puissent serrer[17] ! Se moque-t-il des gens ?

SCAPIN. – C'est ce que je lui ai dit. J'ai rejeté bien loin de pareilles propositions, et je lui ai bien fait entendre que vous n'étiez point une dupe pour vous demander des cinq ou six cents pistoles. Enfin, après plusieurs discours, voici

---

12. **Échiner :** casser les reins, tuer.
13. **Quelle facilité offrait la raison de la violence :** quelle facilité offrait le recours à la violence.
14. **Vos prérogatives du nom de père :** vos droits de père.
15. **Ajuster :** arranger.
16. **Fièvres quartaines :** fièvres se manifestant tous les quatre jours.
17. **Cinq ou six cents fièvres quartaines qui le puissent serrer :** que cinq ou six cents fièvres quartaines le terrassent.

où s'est réduit le résultat de notre conférence. « Nous voilà au temps, m'a-t-il dit, que je dois partir pour l'armée. Je suis après à[18] m'équiper, et le besoin que j'ai de quelque argent me fait consentir malgré moi à ce qu'on me propose. Il me faut un cheval de service[19] et je n'en saurais avoir un qui soit tant soit peu raisonnable[20], à moins de soixante pistoles. »

ARGANTE. – Hé bien ! pour soixante pistoles je les donne.

SCAPIN. – « Il faudra le harnais et les pistolets, et cela ira bien à vingt pistoles encore. »

ARGANTE. – Vingt pistoles et soixante, ce serait quatre-vingts.

SCAPIN. – Justement.

ARGANTE. – C'est beaucoup ; mais soit, je consens à cela.

SCAPIN. – « Il me faut aussi un cheval pour monter mon valet, qui coûtera bien trente pistoles. »

ARGANTE. – Comment, diantre ! Qu'il se promène, il n'aura rien du tout !

SCAPIN. – Monsieur !

ARGANTE. – Non : c'est un impertinent.

SCAPIN. – Voulez-vous que son valet aille à pied ?

ARGANTE. – Qu'il aille comme il lui plaira, et le maître aussi.

SCAPIN. – Mon Dieu, Monsieur, ne vous arrêtez point à peu de chose. N'allez point plaider, je vous prie, et donnez tout pour vous sauver des mains de la justice.

---

18. Après à : en train de.
19. Cheval de service : cheval de guerre.
20. Raisonnable : convenable.

Argante. – Hé bien ! soit, je me résous à donner encore ces trente pistoles.

Scapin. – « Il me faut encore, a-t-il dit, un mulet pour porter... »

Argante. – Oh ! qu'il aille au diable avec son mulet ! C'en est trop, et nous irons devant les juges.

Scapin. – De grâce, Monsieur...

Argante. – Non, je n'en ferai rien.

Scapin. – Monsieur, un petit mulet.

Argante. – Je ne lui donnerais seulement pas un âne.

Scapin. – Considérez...

Argante. – Non, j'aime mieux plaider.

Scapin. – Eh ! Monsieur, de quoi parlez-vous là, et à quoi vous résolvez-vous ? Jetez les yeux sur les détours[21] de la justice. Voyez combien d'appels[22] et de degrés de juridiction, combien de procédures embarrassantes, combien d'animaux ravissants[23] par les griffes desquels il vous faudra passer : sergents, procureurs, avocats, greffiers, substituts, rapporteurs, juges et leurs clercs[24]. Il n'y a pas un de tous ces gens-là qui, pour la moindre chose, ne soit capable de donner un soufflet au meilleur droit du monde[25]. Un sergent baillera[26] de faux exploits[27], sur quoi vous serez condamné sans que vous le sachiez. Votre

---

21. Les détours : les labyrinthes.
22. Appels : demandes de révision d'une décision de justice.
23. Animaux ravissants : désigne ici des gens de justice rapaces. C'est une métaphore.
24. Sergents, procureurs, avocats, greffiers, substituts, rapporteurs, juges et leurs clercs : Scapin cite les gens de justice.
25. Donner un soufflet au meilleur droit du monde : porter atteinte au droit, commettre des injustices.
26. Baillera : donnera.
27. De faux exploits : de fausses convocations.

procureur s'entendra avec votre partie[28] et vous vendra à beaux deniers comptants[29]. Votre avocat, gagné de même, ne se trouvera point lorsqu'on plaidera votre cause, ou dira des raisons qui ne feront que battre la campagne[30] et n'iront point au fait. Le greffier délivrera par contumace[31] des sentences et arrêts contre vous. Le clerc du rapporteur soustraira des pièces[32], ou le rapporteur même ne dira pas ce qu'il a vu. Et quand, par les plus grandes précautions du monde, vous aurez paré[33] tout cela, vous serez ébahi que vos juges auront été sollicités contre vous[34] ou par des gens dévots[35] ou par des femmes qu'ils aimeront. Eh ! Monsieur, si vous le pouvez, sauvez-vous de cet enfer-là ! C'est être damné dès ce monde, que d'avoir à plaider, et la seule pensée d'un procès serait capable de me faire fuir jusqu'aux Indes.

ARGANTE. – À combien est-ce qu'il fait monter le mulet ?

SCAPIN. – Monsieur, pour le mulet, pour son cheval et celui de son homme, pour le harnais et les pistolets, et pour payer quelque petite chose qu'il doit à son hôtesse, il demande en tout deux cents pistoles.

ARGANTE. – Deux cents pistoles ?

SCAPIN. – Oui.

ARGANTE, *se promenant en colère le long du théâtre.* – Allons, allons, nous plaiderons.

28. Partie : adversaire.
29. À beaux deniers comptants : pour de l'argent.
30. Battre la campagne : s'éloigner du sujet.
31. Par contumace : en votre absence.
32. Soustraira des pièces : fera disparaître des documents.
33. Parer : éviter, se protéger contre.
34. Sollicités contre vous : achetés contre vous.
35. Des gens dévots : des gens de religion.

SCAPIN. – Faites réflexion...

ARGANTE. – Je plaiderai...

SCAPIN. – Ne vous allez point jeter...

ARGANTE. – Je veux plaider.

SCAPIN. – Mais, pour plaider, il vous faudra de l'argent. Il vous en faudra pour l'exploit. Il vous en faudra pour le contrôle. Il vous en faudra pour la procuration, pour la présentation, conseils, productions et journées[36] du procureur. Il vous en faudra pour les consultations et plaidoiries des avocats, pour le droit de retirer le sac[37] et pour les grosses d'écritures[38]. Il vous en faudra pour le rapport des substituts, pour les épices de conclusion, pour l'enregistrement du greffier, façon d'appointement, sentences et arrêts, contrôles, signatures et expéditions[39] de leurs clercs, sans parler de tous les présents qu'il vous faudra faire. Donnez cet argent-là à cet homme-ci, vous voilà hors d'affaire.

ARGANTE. – Comment ! deux cents pistoles !

SCAPIN. – Oui, vous y gagnerez. J'ai fait un petit calcul en moi-même de tous les frais de la justice, et j'ai trouvé qu'en donnant deux cents pistoles à votre homme vous en aurez de reste pour le moins cinquante, sans compter les soins, les pas et les chagrins que vous vous épargnerez.

---

36. Pour la procuration, pour la présentation, conseils, productions et journées : Scapin cite les étapes d'un procès.

37. Le droit de retirer le sac : après le procès, le droit de retirer le sac dans lequel sont réunis tous les documents, c'est-à-dire reprendre le dossier du procès.

38. Les grosses d'écritures : les copies des actes.

39. Il vous en faudra pour le rapport des substituts, pour les épices de conclusion, pour l'enregistrement du greffier, façon d'appointement, sentences et arrêts, contrôles, signatures et expéditions : Scapin évoque toutes les phases nécessaires à la clôture d'un procès.

Quand il n'y aurait à essuyer que les sottises que disent devant tout le monde de méchants plaisants d'avocats, j'aimerais mieux encore donner trois cents pistoles que de plaider.

ARGANTE. – Je me moque de cela, et je défie les avocats de rien dire de moi.

SCAPIN. – Vous ferez ce qu'il vous plaira, mais, si j'étais que de vous, je fuirais les procès.

ARGANTE. – Je ne donnerai point deux cents pistoles.

SCAPIN. – Voici l'homme dont il s'agit.

Mise en scène de Jean-Louis Benoît, avec Christian Blanc et Philippe Torreton, Comédie Française, Paris, 1997.

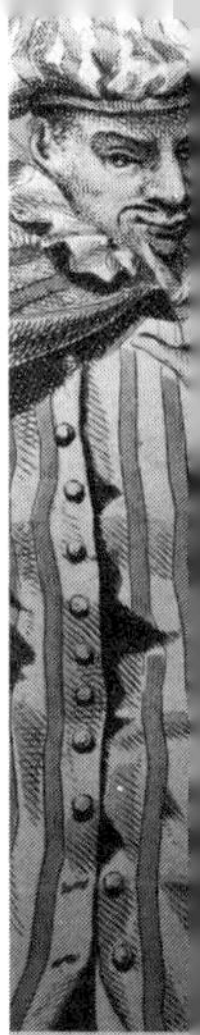

AI-JE BIEN LU ?

1 Pour qui Scapin essaie-t-il d'obtenir de l'argent ?
2 Pourquoi Argante veut-il plaider ? Et pourquoi Scapin tente-t-il de le dissuader ?
3 À la fin de la scène, Scapin est-il gagnant ou perdant ? Citez une réplique qui justifie votre réponse.

J'ANALYSE LE TEXTE

Le comique de farce

— La parodie

La parodie consiste à imiter quelqu'un en se moquant.

4 Scapin joue le rôle d'un homme plein de sagesse (l. 14 à 25).
a. Quels conseils donne-t-il à Argante ? Citez le texte.
b. Pourquoi ses paroles sont-elles comiques ?
5 Sur quel argument essentiel repose la démonstration de Scapin pour inciter Argante à payer ? (Choisissez la bonne réponse.)
– Payez pour ne pas avoir affaire à la justice.
– Donnez l'argent, cela vous reviendra moins cher qu'engager un procès.
– De toute façon, vous perdrez votre procès.

— Le marchandage

6 **a.** Dans cette scène de marchandage (l. 63 à 139), qui joue le rôle du marchand, qui joue le rôle de l'acheteur ?
b. En quoi la réplique « Monsieur, un petit mulet » (l. 105) est-elle drôle ?
c. Appartient-elle au comique de mots, de gestes, de caractère ou de situation ?
d. Quelles sont les phases successives du marchandage ?

L'énumération

> L'énumération consiste à juxtaposer une série de termes, à dresser un inventaire, pour mettre en relief une idée.

7 Relevez, à partir de la ligne 109, un passage présentant une énumération.
Pour quelle raison, selon vous, Scapin utilise-t-il ce procédé ? (Classez ces trois réponses par ordre d'importance.)
– Scapin cherche à noyer Argante sous les mots.
– Scapin veut donner de la force à sa démonstration.
– Scapin veut prouver qu'il connaît bien la justice.

La satire

> La satire est une critique moqueuse.
> Dans cette scène, Molière dénonce la justice de son temps en la tournant en ridicule : il fait une satire.

8 À quels indices voyez-vous que Scapin connaît parfaitement la justice ? Appuyez-vous sur le champ lexical dominant des lignes 109 à 134 et 148 à 160.

9 Quels aspects de la justice dénonce-t-il ?

J'ÉTUDIE LA LANGUE

10 « Avoir si peu de conduite » (l. 2)
Quel est ici le sens du mot « conduite » ? Utilisez ce même mot dans une phrase où il aura un autre sens.

11 « Je ne saurais voir d'honnêtes pères chagrinés par leurs enfants que cela ne m'émeuve. » (l. 39-40)
a. Quel est l'infinitif du verbe « émeuve » ? et son participe passé ?
b. Donnez le nom correspondant à ce verbe.

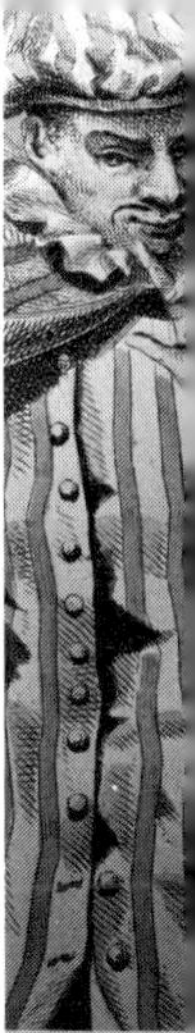

J'ÉCRIS

Imiter une construction

⓬ « C'est un de ces braves de profession [...] un verre de vin » (l. 45 à 48). Rédigez une phrase sur ce modèle.

CONSIGNES D'ÉCRITURE
Évoquez une personne que vous aimez ou que vous avez connue (professeur, élève ou rencontre de vacances, moniteur de sport...).
Ex. : *Je me souviens de ... C'est un de ces hommes / une de ces femmes / un(e) de ces garçons / filles qui ... , qui et ....*

Utiliser la répétition et l'énumération

⓭ Dans sa longue réplique (l. 148 à 160), Scapin utilise deux procédés : la répétition (« il faudra ») et l'énumération (voir la définition ci-contre). Sur ce modèle, rédigez une tirade comique qui commencera par les mots : « Mais pour avoir une bonne note, il faut... »

POUR ALLER PLUS LOIN

L'argent au temps de Molière

⓮ Sachant qu'une pistole vaut environ dix livres, qu'un écu vaut trois livres et qu'une livre vaut à peu près 20 francs (c'est-à-dire 3,05 euros), quelle somme représentent aujourd'hui deux cents pistoles et cinq cents écus ?

ACTE II

Scène 6

SYLVESTRE, ARGANTE, SCAPIN.

SYLVESTRE, *déguisé en spadassin*[1]. – Scapin, fais-moi connaître un peu cet Argante qui est père d'Octave.

SCAPIN. – Pourquoi, Monsieur ?

SYLVESTRE. – Je viens d'apprendre qu'il veut me mettre en procès, et faire rompre par justice le mariage de ma sœur.

SCAPIN. – Je ne sais pas s'il a cette pensée ; mais il ne veut point consentir aux deux cents pistoles que vous voulez, et il dit que c'est trop.

SYLVESTRE. – Par la mort ! par la tête ! par le ventre ! si je le trouve, je le veux échiner[2], dussé-je être roué[3] tout vif. *(ARGANTE, pour n'être point vu, se tient en tremblant couvert de Scapin.)*

SCAPIN. – Monsieur, ce père d'Octave a du cœur, et peut-être ne vous craindra-t-il point.

SYLVESTRE. – Lui ? lui ? Par le sang ! par la tête ! s'il était là, je lui donnerais tout à l'heure de l'épée dans le ventre. *(Apercevant Argante.)* Qui est cet homme-là ?

SCAPIN. – Ce n'est pas lui, Monsieur, ce n'est pas lui.

SYLVESTRE. – N'est-ce point quelqu'un de ses amis ?

SCAPIN. – Non, Monsieur, au contraire, c'est son ennemi capital[4].

1. **Spadassin** : mercenaire, tueur à gage.
2. **Échiner** : casser l'échine, tuer.
3. **Roué** : condamné au supplice de la roue.
4. **Capital** : mortel.

Sylvestre. – Son ennemi capital ?

Scapin. – Oui.

Sylvestre. – Ah ! parbleu ! j'en suis ravi. *(À Argante.)* Vous êtes ennemi, Monsieur, de ce faquin[5] d'Argante, eh ?

Scapin. – Oui, oui, je vous en réponds.

Sylvestre, *secouant la main d'Argante.* – Touchez là. Touchez. Je vous donne ma parole, et vous jure sur mon honneur, par l'épée que je porte, par tous les serments que je saurais faire, qu'avant la fin du jour je vous déferai de ce maraud fieffé[6], de ce faquin d'Argante. Reposez-vous sur moi[7].

Scapin. – Monsieur, les violences en ce pays-ci ne sont guère souffertes[8].

Sylvestre. – Je me moque de tout et je n'ai rien à perdre.

Scapin. – Il se tiendra sur ses gardes assurément ; et il a des parents, des amis et des domestiques dont il se fera un secours[9] contre votre ressentiment.

Sylvestre. – C'est ce que je demande, morbleu ! c'est ce que je demande. *(Il met l'épée à la main, et pousse[10] de tous les côtés, comme s'il y avait plusieurs personnes devant lui.)* Ah ! tête ! ah ! ventre ! que ne le trouvé-je à cette heure avec tout son secours[11] ! Que ne paraît-il à mes yeux au milieu de trente personnes ! Que ne les vois-je fondre sur moi les armes à la main ! Comment, marauds ! vous avez la hardiesse de vous attaquer à moi ! Allons, morbleu, tue ! Point de quartier[12].

---

5. **Faquin :** vaurien.
6. **Ce maraud fieffé :** cette crapule, cette canaille.
7. **Reposez-vous sur moi :** faites-moi confiance, remettez-vous-en à moi.
8. **Souffertes :** tolérées, permises, autorisées.
9. **Dont il se fera un secours :** à qui il demandera de l'aide.
10. **Pousse :** donne des coups d'épée.
11. **Avec tout son secours :** avec tous ses amis prêts à l'aider.
12. **Point de quartier :** pas de pitié.

(Poussant de tous les côtés, comme s'il avait plusieurs personnes à combattre.) Donnons. Ferme. Poussons. Bon pied, bon œil. Ah ! coquins ! ah ! canaille ! vous en voulez par là, je vous en ferai tâter votre soûl[13]. Soutenez[14], marauds, soutenez. Allons. À cette botte[15]. À cette autre. À celle-ci. À celle-là. *(Se tournant du côté d'Argante et de Scapin.)* Comment ! vous reculez ? Pied ferme, morbleu ! pied ferme !

SCAPIN. – Eh ! eh ! eh ! Monsieur, nous n'en sommes pas[16].

SYLVESTRE. – Voilà qui vous apprendra à vous oser jouer à moi. *(Il s'éloigne.)*

SCAPIN. – Hé bien ! vous voyez combien de personnes tuées pour deux cents pistoles. Oh sus ! je vous souhaite une bonne fortune[17].

ARGANTE, *tout tremblant.* – Scapin !

SCAPIN. – Plaît-il ?

ARGANTE. – Je me résous à donner les deux cents pistoles.

SCAPIN. – J'en suis ravi pour l'amour de vous.

ARGANTE. – Allons le trouver, je les ai sur moi.

SCAPIN. – Vous n'avez qu'à me les donner. Il ne faut pas, pour votre honneur, que vous paraissiez là, après avoir passé ici pour autre que ce que vous êtes ; et, de plus, je craindrais qu'en vous faisant connaître, il n'allât s'aviser de vous en demander davantage.

ARGANTE. – Oui ; mais j'aurais été bien aise de voir comme[18] je donne mon argent.

SCAPIN. – Est-ce que vous vous défiez de moi ?

---

13. Je vous en ferai tâter votre soûl : vous allez voir ce que vous allez voir.
14. Soutenez : résistez à l'attaque.
15. À cette botte : ce coup d'épée.
16. Nous n'en sommes pas : nous ne sommes pas vos ennemis.
17. Bonne fortune : bonne chance.
18. Comme : comment.

ARGANTE. – Non pas, mais...

SCAPIN. – Parbleu, Monsieur, je suis un fourbe ou je suis un honnête homme ; c'est l'un des deux. Est-ce que je voudrais vous tromper, et que dans tout ceci j'ai d'autre intérêt que le vôtre et celui de mon maître, à qui vous voulez vous allier ? Si je vous suis suspect, je ne me mêle plus de rien, et vous n'avez qu'à chercher dès cette heure qui accommodera vos affaires.

ARGANTE. – Tiens, donc.

SCAPIN. – Non, Monsieur, ne me confiez point votre argent. Je serai bien aise que vous vous serviez de quelque autre.

ARGANTE. – Mon Dieu, tiens.

SCAPIN. – Non, vous dis-je, ne vous fiez point à moi. Que sait-on si je ne veux point attraper votre argent ?

ARGANTE. – Tiens, te dis-je, ne me fais point contester[19] davantage. Mais songe à bien prendre tes sûretés avec lui.

SCAPIN. – Laissez-moi faire, il n'a pas affaire à un sot.

ARGANTE. – Je vais t'attendre chez moi.

SCAPIN. – Je ne manquerai pas d'y aller. *(Seul.)* Et un. Je n'ai qu'à chercher l'autre. Ah ! ma foi, le voici. Il semble que le Ciel, l'un après l'autre, les amène dans mes filets.

---

19. Contester : discuter.

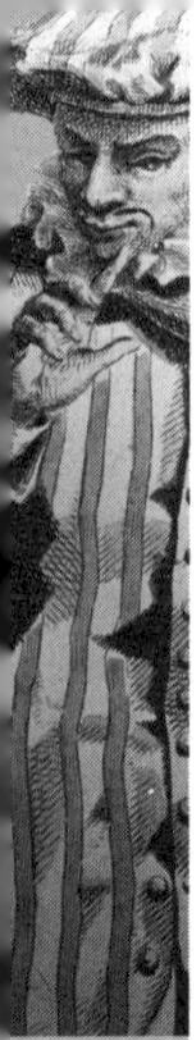

QUESTIONS SUR L'ACTE II, SCÈNE 6

AI-JE BIEN LU ?

1 Dans la scène précédente, la persuasion douce a échoué. Quelle première véritable fourberie Scapin met-il en œuvre pour extorquer de l'argent à Argante ?

2 Pourquoi Argante finit-il par céder ?

J'ANALYSE LE TEXTE

La relation maître-valet

3 Montrez que dans cette scène la relation maître-valet est inversée : qui détient le pouvoir ? qui subit la volonté du plus fort ?

4 Quelle est la relation des deux valets face à Argante ?

5 Argante fait-il entièrement confiance à Scapin ? Citez une réplique à l'appui de votre réponse.

Le comique de farce

— Le théâtre dans le théâtre

6 Dans cette scène, les deux valets se transforment en comédiens : quel rôle jouent-ils ? Qui est déguisé ?

— Le comique de gestes

7 Relevez les didascalies qui soulignent la violence du spadassin, et celles qui mettent en évidence la lâcheté d'Argante.

— La caricature

> Une caricature est un portrait qui exagère les traits.

8 Par quels aspects le personnage du spadassin est-il une caricature ? Examinez son apparence physique, son langage, ses gestes.

— Le comique de caractère

9 Quels principaux traits de caractère d'Argante sont mis en avant dans cette scène ? En quoi sont-ils source de comique ?

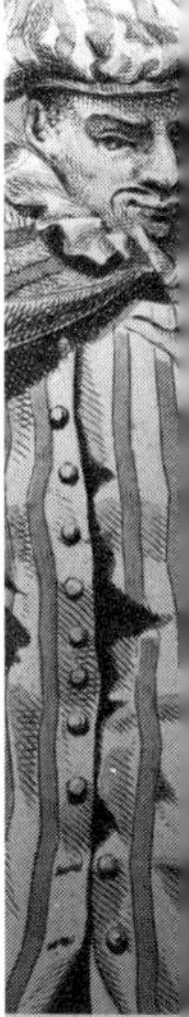

Le comique de mots

10 **a.** Relevez les expressions par lesquelles Sylvestre désigne Argante. D'où vient le comique ?

b. Dans les lignes 38 à 52, relevez les interjections, les répétitions et les expressions toutes faites. Quels sont les principaux types de phrases utilisés ? Pourquoi ces procédés font-ils rire ?

J'ÉTUDIE LA LANGUE

11 **a.** Que signifie l'expression « Avoir du cœur » (l. 13) ?

b. Utilisez-la dans une phrase où elle aura son sens actuel.

c. Inventez deux phrases dans lesquelles vous utiliserez deux autres expressions construites avec le mot *cœur*.

12 **a.** Lignes 41-42 : la phrase exprime-t-elle le regret ou le souhait ? Sans changer le sens, transformez cette construction en commençant par « quel dommage ».

b. Réalisez le même travail avec les phrases suivantes (l. 42 à 44).

J'ÉCRIS

Écrire une réplique

13 Relisez les lignes 38 à 52. Imaginez qu'Argante, s'armant de courage, réponde à Sylvestre sur le même ton que lui.

> CONSIGNE D'ÉCRITURE
> Vous utiliserez des phrases de type injonctif, interrogatif, exclamatif, des interjections et des mots expressifs.

POUR ALLER PLUS LOIN

Faire un procès

14 Scapin développe longuement les mécanismes et les difficultés de la justice. En vous aidant d'Internet, expliquez en quoi consiste un procès. Quel est le rôle des avocats et du juge ?

ACTE II

Scène 7

GÉRONTE, SCAPIN.

SCAPIN, *feignant de ne pas voir Géronte.* – Ô Ciel ! ô disgrâce[1] imprévue ! ô misérable père ! Pauvre Géronte, que feras-tu ?

GÉRONTE, *à part.* – Que dit-il là de moi, avec ce visage affligé[2] ?

SCAPIN, *même jeu.* – N'y a-t-il personne qui puisse me dire où est le seigneur Géronte ?

GÉRONTE. – Qu'y a-t-il, Scapin ?

SCAPIN, *courant sur le théâtre, sans vouloir entendre ni voir Géronte.* – Où pourrai-je le rencontrer pour lui dire cette infortune[3] ?

GÉRONTE, *courant après Scapin.* – Qu'est-ce que c'est donc ?

SCAPIN, *même jeu.* – En vain je cours de tous côtés pour le pouvoir trouver.

GÉRONTE. – Me voici.

SCAPIN, *même jeu.* – Il faut qu'il soit caché en quelque endroit qu'on ne puisse point deviner.

GÉRONTE, *arrêtant Scapin.* – Holà ! es-tu aveugle, que tu ne me vois pas ?

SCAPIN. – Ah ! Monsieur, il n'y a pas moyen de vous rencontrer.

---

1. **Disgrâce :** malheur.
2. **Affligé :** accablé.
3. **Cette infortune :** ce malheur.

GÉRONTE. – Il y a une heure que je suis devant toi. Qu'est-ce que c'est donc qu'il y a ?

SCAPIN. – Monsieur...

GÉRONTE. – Quoi ?

SCAPIN. – Monsieur, votre fils...

GÉRONTE. – Hé bien ! mon fils...

SCAPIN. – Est tombé dans une disgrâce la plus étrange du monde.

GÉRONTE. – Et quelle ?

SCAPIN. – Je l'ai trouvé tantôt, tout triste de je ne sais quoi que vous lui avez dit, où vous m'avez mêlé assez mal à propos, et, cherchant à divertir cette tristesse, nous nous sommes allés promener sur le port. Là, entre autres plusieurs choses, nous avons arrêté nos yeux sur une galère turque assez bien équipée. Un jeune Turc de bonne mine nous a invités d'y entrer et nous a présenté la main. Nous y avons passé, il nous a fait mille civilités, nous a donné la collation[4], où nous avons mangé des fruits les plus excellents qui se puissent voir, et bu du vin que nous avons trouvé le meilleur du monde.

GÉRONTE. – Qu'y a-t-il de si affligeant à tout cela ?

SCAPIN. – Attendez, Monsieur, nous y voici. Pendant que nous mangions, il a fait mettre la galère en mer, et, se voyant éloigné du port, il m'a fait mettre dans un esquif[5], et m'envoie vous dire que, si vous ne lui envoyez par moi tout à l'heure cinq cents écus, il va vous emmener votre fils en Alger.

---

4. Collation : un repas léger.

5. Esquif : bateau léger.

GÉRONTE. – Comment ! diantre, cinq cents écus !

SCAPIN. – Oui, Monsieur ; et, de plus, il ne m'a donné pour cela que deux heures.

GÉRONTE. – Ah ! le pendard de Turc ! m'assassiner de la façon.

SCAPIN. – C'est à vous, Monsieur, d'aviser promptement aux moyens de sauver des fers[6] un fils que vous aimez avec tant de tendresse.

GÉRONTE. – Que diable allait-il faire dans cette galère ?

SCAPIN. – Il ne songeait pas à ce qui est arrivé.

GÉRONTE. – Va-t'en, Scapin, va-t'en dire à ce Turc que je vais envoyer la justice après lui.

SCAPIN. – La justice en pleine mer ! Vous moquez-vous des gens ?

GÉRONTE. – Que diable allait-il faire dans cette galère ?

SCAPIN. – Une méchante destinée conduit quelquefois les personnes.

GÉRONTE. – Il faut, Scapin, il faut que tu fasses ici l'action d'un serviteur fidèle.

SCAPIN. – Quoi, Monsieur ?

GÉRONTE. – Que tu ailles dire à ce Turc qu'il me renvoie mon fils, et que tu te mettes à sa place jusqu'à ce que j'aie amassé la somme qu'il demande.

SCAPIN. – Eh ! Monsieur, songez-vous à ce que vous dites ? et vous figurez-vous que ce Turc ait si peu de sens que d'aller recevoir un misérable comme moi à la place de votre fils ?

---

6. Des fers : de l'emprisonnement.

GÉRONTE. – Que diable allait-il faire dans cette galère ?

SCAPIN. – Il ne devinait pas ce malheur. Songez, Monsieur, qu'il ne m'a donné que deux heures.

GÉRONTE. – Tu dis qu'il demande...

SCAPIN. – Cinq cents écus.

GÉRONTE. – Cinq cents écus ! N'a-t-il point de conscience ?

SCAPIN. – Vraiment oui, de la conscience à un Turc !

GÉRONTE. – Sait-il bien ce que c'est que cinq cents écus ?

SCAPIN. – Oui, Monsieur, il sait que c'est mille cinq cents livres.

GÉRONTE. – Croit-il, le traître, que mille cinq cents livres se trouvent dans le pas d'un cheval ?

SCAPIN. – Ce sont des gens qui n'entendent point de raison.

GÉRONTE. – Mais que diable allait-il faire à cette galère ?

SCAPIN. – Il est vrai ; mais quoi ! on ne prévoyait pas les choses. De grâce, Monsieur, dépêchez.

GÉRONTE. – Tiens, voilà la clef de mon armoire.

SCAPIN. – Bon.

GÉRONTE. – Tu l'ouvriras.

SCAPIN. – Fort bien.

GÉRONTE. – Tu trouveras une grosse clef du côté gauche, qui est celle de mon grenier.

SCAPIN. – Oui.

GÉRONTE. – Tu iras prendre toutes les hardes[7] qui sont dans cette grande manne[8], et tu les vendras aux fripiers[9] pour aller racheter mon fils.

---

7. Hardes : vieux vêtements.
8. Manne : panier.
9. Fripiers : marchands de vêtements d'occasion.

SCAPIN, *en lui rendant la clef.* – Eh ! Monsieur, rêvez-vous ? Je n'aurais pas cent francs de tout ce que vous dites ; et, de plus, vous savez le peu de temps qu'on m'a donné.

GÉRONTE. – Mais que diable allait-il faire dans cette galère ?

SCAPIN. – Oh ! que de paroles perdues ! Laissez là cette galère, et songez que le temps presse, et que vous courez risque de perdre votre fils. Hélas ! mon pauvre maître, peut-être que je ne te verrai de ma vie, et qu'à l'heure que je parle, on t'emmène esclave en Alger ! Mais le Ciel me sera témoin que j'ai fait pour toi tout ce que j'ai pu, et que si tu manques à être racheté[10], il n'en faut accuser que le peu d'amitié[11] d'un père.

GÉRONTE. – Attends, Scapin, je m'en vais quérir cette somme.

SCAPIN. – Dépêchez-vous donc vite, Monsieur, je tremble que l'heure ne sonne.

GÉRONTE. – N'est-ce pas quatre cents écus que tu dis ?

SCAPIN. – Non, cinq cents écus.

GÉRONTE. – Cinq cents écus ?

SCAPIN. – Oui.

GÉRONTE. – Que diable allait-il faire à cette galère ?

SCAPIN. – Vous avez raison. Mais hâtez-vous.

GÉRONTE. – N'y avait-il point d'autre promenade ?

SCAPIN. – Cela est vrai. Mais faites promptement.

GÉRONTE. – Ah ! maudite galère !

SCAPIN, *à part.* – Cette galère lui tient au cœur.

---

10. Si tu manques à être racheté : si tu n'es pas racheté.
11. Amitié : affection.

GÉRONTE. – Tiens, Scapin, je ne me souvenais pas que je viens justement de recevoir cette somme en or, et je ne croyais pas qu'elle dût m'être sitôt ravie[12]. *(Il lui présente sa bourse, qu'il ne laisse pourtant pas aller*[13]*, et, dans ses transports, il fait aller son bras, de côté et d'autre, et Scapin le sien pour avoir la bourse.)* Tiens ! Va-t'en racheter mon fils.

SCAPIN, *tendant la main.* – Oui, Monsieur.

GÉRONTE, *retenant la bourse qu'il fait semblant de vouloir donner à Scapin.* – Mais dis à ce Turc que c'est un scélérat.

SCAPIN, *tendant toujours la main.* – Oui.

GÉRONTE, *même jeu.* – Un infâme.

SCAPIN. – Oui.

GÉRONTE, *même jeu.* – Un homme sans foi, un voleur.

SCAPIN. – Laissez-moi faire.

GÉRONTE, *même jeu.* – Qu'il me tire cinq cents écus contre toute sorte de droit.

SCAPIN. – Oui.

GÉRONTE, *même jeu.* – Que je ne les lui donne ni à la mort ni à la vie.

SCAPIN. – Fort bien.

GÉRONTE. – Et que, si jamais je l'attrape, je saurai me venger de lui.

SCAPIN. – Oui.

GÉRONTE, *remettant sa bourse dans sa poche et s'en allant.* – Va, va vite requérir mon fils.

SCAPIN, *allant après lui.* – Holà ! Monsieur.

GÉRONTE. – Quoi ?

---

12. Ravie : enlevée.
13. Qu'il ne laisse pourtant pas aller : qu'il n'abandonne pas.

SCAPIN. – Où est donc cet argent ?

GÉRONTE. – Ne te l'ai-je pas donné ?

SCAPIN. – Non, vraiment, vous l'avez remis dans votre poche.

GÉRONTE. – Ah ! c'est la douleur qui me trouble l'esprit.

SCAPIN. – Je le vois bien.

GÉRONTE. – Que diable allait-il faire dans cette galère ? Ah ! maudite galère ! Traître de Turc à tous les diables !

SCAPIN, *seul.* – Il ne peut digérer les cinq cents écus que je lui arrache ; mais il n'est pas quitte envers moi, et je veux qu'il me paie en une autre monnaie l'imposture[14] qu'il m'a faite auprès de son fils.

14. Voir Acte II, sc. 2, l. 33.

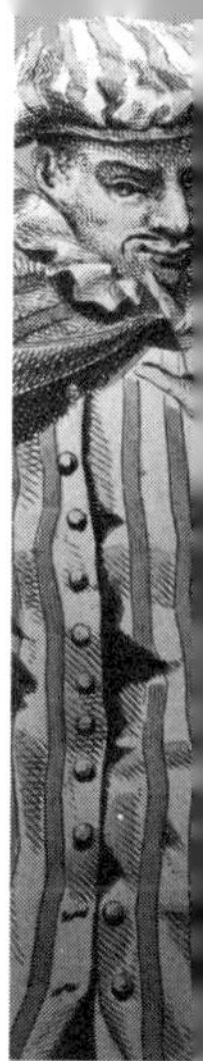

QUESTIONS SUR L'ACTE II, SCÈNE 7

AI-JE BIEN LU ?

1 Dans quelle scène Géronte est-il apparu pour la dernière fois ? Quelle était la situation ?

2 **a.** Dans la scène 6 (Acte II), Scapin vient de remporter une victoire sur l'avarice d'Argante. Pour le compte de qui va-t-il maintenant essayer d'obtenir de l'argent ? Et auprès de qui ?

b. En quoi la seconde fourberie de Scapin consiste-t-elle ? Quel scénario Scapin imagine-t-il ?

J'ANALYSE LE TEXTE

Les personnages

3 Quelle sorte de père est Géronte ? Aime-t-il davantage son fils ou son argent ? Justifiez votre réponse en faisant référence au texte.

Le comique de farce

— Le comique de caractère

4 Quel trait de caractère Géronte manifeste-t-il dans cette scène ? En quoi est-il comique ?

— Le comique de mots

5 « Que diable allait-il faire dans cette galère ? »

a. Combien de fois Géronte répète-t-il cette phrase ?

b. Dans quel cas cette formule traduit-elle chez Géronte :

– l'embarras,
– le refus de donner l'argent,
– l'incompréhension,
– la colère ?

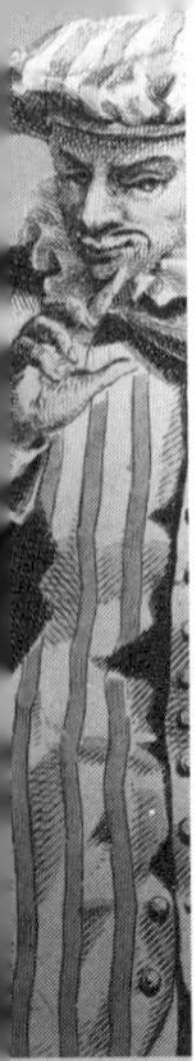

Le dialogue de sourds

6 Relisez les deux répliques des lignes 54 à 57.

a. À partir de cet exemple, donnez la définition d'un dialogue de sourds.

b. Montrez qu'une grande partie du comique de cette scène repose sur un dialogue de sourds.

Le changement de ton

7 Dans la réplique des lignes 106 à 113, Scapin change de ton.

a. À quelle ligne se produit le changement ?

b. À qui s'adresse successivement le valet ? sur quels tons ?

c. Quel effet produit ce contraste ?

Le comique de gestes

8 Relevez les gestes et déplacements de Scapin et de Géronte au début de la scène. Pourquoi Scapin se livre-t-il à un jeu de cache-cache ?

9 Observez les jeux de scène dans les lignes 128 à 151 : sur quel objet sont-ils centrés ? que révèlent-ils de Géronte ?

Les attentes du spectateur

10 Relisez la dernière phrase de la scène. De quelle imposture Scapin va-t-il vouloir se venger ?

J'ÉTUDIE LA LANGUE

11 Comparez ces deux phrases.

– « Il va vous emmener votre fils en Alger » (l. 47-48).

– Il va emmener votre fils en Alger.

Qu'apporte le pronom « vous » à la phrase de Molière ?

12 Quel est le sens de « amitié » à la ligne 113 ? Que signifie aujourd'hui ce mot ?

a. Que signifient les mots « galère » et « galérer » dans le vocabulaire d'aujourd'hui ?

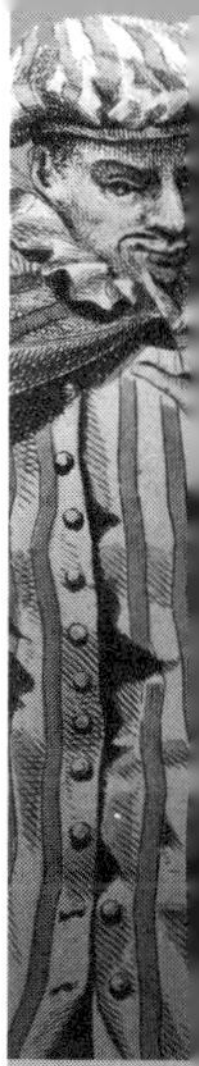

b. À quel niveau de langage appartiennent-ils ? Utilisez-les chacun dans une phrase.

J'ÉCRIS

Raconter au théâtre

13 En se donnant le beau rôle, Scapin raconte à Octave et Léandre la façon dont il a réussi à soutirer de l'argent à Géronte.

CONSIGNES D'ÉCRITURE

- Respectez les codes du langage théâtral (nom du personnage suivi de la réplique)
- Scapin utilise le passé composé et l'imparfait pour raconter les faits.

JE METS EN SCÈNE

Les éclairages

14 Vous êtes chef éclairagiste. Vous disposez de projecteurs mobiles et vous pouvez, à souhait, régler le mouvement, le débit et les couleurs de la lumière. Comment allez-vous utiliser cet outil dans la dernière partie de la scène (l. 128 à la fin) ?

POUR ALLER PLUS LOIN

Les galères

15 Pourquoi la perspective du départ de Léandre, emmené de force à Alger sur une galère, a-t-elle de quoi effrayer Géronte ? En vous aidant d'internet et du texte page 51, expliquez ce que sont les galères au XVIIe siècle.

ACTE II

Scène 8

OCTAVE, LÉANDRE, SCAPIN.

OCTAVE. – Hé bien ! Scapin, as-tu réussi pour moi dans ton entreprise ?

LÉANDRE. – As-tu fait quelque chose pour tirer mon amour de la peine où il est ?

SCAPIN, *à Octave.* – Voilà deux cents pistoles que j'ai tirées de votre père.

OCTAVE. – Ah ! que tu me donnes de joie !

SCAPIN, *à Léandre.* – Pour vous je n'ai pu faire rien.

LÉANDRE, *veut s'en aller.* – Il faut donc que j'aille mourir ; et je n'ai que faire de vivre, si Zerbinette m'est ôtée.

SCAPIN. – Holà ! holà ! tout doucement. Comme diantre vous allez vite !

LÉANDRE, *se retourne.* – Que veux-tu que je devienne ?

SCAPIN. – Allez, j'ai votre affaire ici.

LÉANDRE, *revient.* – Ah ! tu me redonnes la vie.

SCAPIN. – Mais à condition que vous me permettrez, à moi, une petite vengeance contre votre père pour le tour qu'il m'a fait.

LÉANDRE. – Tout ce que tu voudras.

SCAPIN. – Vous me le promettez devant témoin ?

LÉANDRE. – Oui.

SCAPIN. – Tenez, voilà cinq cents écus.

LÉANDRE. – Allons-en promptement acheter celle que j'adore.

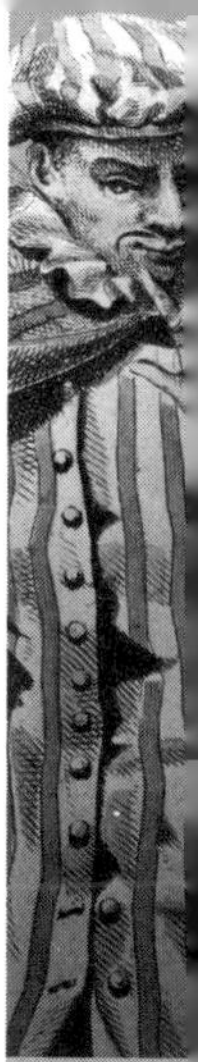

QUESTIONS SUR L'ACTE II, SCÈNE 8

AI-JE BIEN LU ?

1 Scapin est-il sorti vainqueur de ses deux fourberies ? Faites le point sur la situation.

2 « Pour le tour qu'il m'a fait » (l. 17-18). Expliquez l'allusion de Scapin.

J'ANALYSE LE TEXTE

Les relations entre les personnages

3 Relevez les marques de la première personne dans les deux premières répliques. Que traduisent-elles de l'état d'esprit des personnages ?

4 **a.** Pourquoi Scapin dit-il à Léandre : « Pour vous je n'ai pu faire rien » (l. 8) ? Expliquez les raisons de cette feinte.

b. Pourquoi, selon vous, Léandre autorise-t-il Scapin à se venger de Géronte ?

5 Relevez une réplique montrant que Scapin ne fait pas confiance à Léandre.

Le comique de farce

— L'antithèse

> Une antithèse est une expression dans laquelle les mots s'opposent par le sens.

6 Relevez une antithèse dans les lignes 9 et 10. En quoi cette opposition fait-elle rire ?

Les hypothèses de lecture

7 Octave et Léandre ont l'argent nécessaire à leur bonheur. L'action est-elle terminée pour autant ? Que peut-il se passer maintenant ?

ACTE III

Scène première

ZERBINETTE, HYACINTE, SCAPIN, SYLVESTRE.

SYLVESTRE. – Oui, vos amants ont arrêté entre eux[1] que vous fussiez ensemble, et nous nous acquittons de l'ordre qu'ils nous ont donné.

HYACINTE, *à Zerbinette.* – Un tel ordre n'a rien qui ne me soit fort agréable. Je reçois avec joie une compagne de la sorte, et il ne tiendra pas à moi que l'amitié qui est entre les personnes que nous aimons ne se répande entre nous deux[2].

ZERBINETTE. – J'accepte la proposition, et ne suis point personne à reculer lorsqu'on m'attaque d'amitié[3].

SCAPIN. – Et lorsque c'est d'amour qu'on vous attaque ?

ZERBINETTE. – Pour l'amour, c'est une autre chose : on y court un peu plus de risque, et je n'y suis pas si hardie.

SCAPIN. – Vous l'êtes[4], que je crois, contre mon maître maintenant ; et ce qu'il vient de faire pour vous doit vous donner du cœur pour répondre comme il faut à sa passion.

ZERBINETTE. – Je ne m'y fie encore que de la bonne sorte[5], et ce n'est pas assez pour m'assurer entièrement, que ce

1. **Vos amants ont arrêté entre eux :** vos amoureux ont décidé entre eux.
2. **Il ne tiendra pas à moi que l'amitié qui est entre les personnes que nous aimons ne se répande entre nous deux :** quant à moi, je veux qu'il y ait entre nous la même amitié qu'entre ceux que nous aimons.
3. **On m'attaque d'amitié :** on me propose son amitié.
4. **Vous l'êtes :** vous êtes hardie.
5. **De la bonne sorte :** avec prudence.

qu'il vient de faire[6]. J'ai l'humeur enjouée, et sans cesse je ris ; mais, tout en riant, je suis sérieuse sur de certains chapitres ; et ton maître s'abusera[7] s'il croit qu'il lui suffise de m'avoir achetée pour me voir toute à lui. Il doit lui en coûter autre chose que de l'argent ; et, pour répondre à son amour de la manière qu'il souhaite, il me faut un don de sa foi qui soit assaisonné de certaines cérémonies[8] qu'on trouve nécessaires.

SCAPIN. – C'est là aussi comme il l'entend. Il ne prétend à vous qu'en tout bien et en tout honneur ; et je n'aurais pas été homme à me mêler de cette affaire, s'il avait une autre pensée.

ZERBINETTE. – C'est ce que je veux croire, puisque vous me le dites ; mais du côté du père, j'y prévois des empêchements.

SCAPIN. – Nous trouverons moyen d'accommoder[9] les choses.

HYACINTE, *à Zerbinette.* – La ressemblance de nos destins doit contribuer encore à faire naître notre amitié ; et nous nous voyons toutes deux dans les mêmes alarmes, toutes deux exposées à la même infortune.

ZERBINETTE. – Vous avez cet avantage, au moins, que vous savez de qui vous êtes née, et que l'appui de vos parents, que vous pouvez faire connaître, est capable d'ajuster[10] tout, pour assurer votre bonheur et faire donner un consentement au mariage qu'on trouve fait. Mais, pour moi, je ne

---

6. Ce n'est pas assez pour m'assurer entièrement, que ce qu'il vient de faire : (payer ma rançon) ne suffit pas à me rassurer entièrement.

7. S'abusera : se trompera.

8. Certaines cérémonies : celles du mariage.

9. Accommoder : arranger.

10. Ajuster : arranger.

rencontre aucun secours dans ce que je puis être, et l'on me voit dans un état qui n'adoucira pas les volontés d'un père qui ne regarde que le bien[11].

Hyacinte. – Mais aussi avez-vous cet avantage que l'on ne tente point par un autre parti[12] celui que vous aimez.

Zerbinette. – Le changement du cœur d'un amant n'est pas ce qu'on peut le plus craindre. On se peut naturellement croire assez de mérite pour garder sa conquête ; et ce que je vois de plus redoutable dans ces sortes d'affaires, c'est la puissance paternelle, auprès de qui tout le mérite ne sert de rien.

Hyacinte. – Hélas ! pourquoi faut-il que de justes inclinations se trouvent traversées[13] ? La douce chose que d'aimer, lorsque l'on ne voit point d'obstacle à ces aimables chaînes dont deux cœurs se lient ensemble !

Scapin. – Vous vous moquez. La tranquillité en amour est un calme désagréable. Un bonheur tout uni nous devient ennuyeux ; il faut du haut et du bas dans la vie, et les difficultés qui se mêlent aux choses réveillent les ardeurs, augmentent les plaisirs.

Zerbinette. – Mon Dieu, Scapin, fais-nous un peu ce récit, qu'on m'a dit qui est si plaisant, du stratagème dont tu t'es avisé pour tirer de l'argent de ton vieillard avare. Tu sais qu'on ne perd point sa peine lorsqu'on me fait un conte, et que je le paie assez bien par la joie qu'on m'y voit prendre.

---

11. Le bien : la fortune.
12. Un autre parti : une autre personne.
13. Pourquoi faut-il que de justes inclinations se trouvent traversées ? : pourquoi faut-il que des amours légitimes et raisonnables rencontrent des obstacles ?

SCAPIN. – Voilà Sylvestre qui s'en acquittera aussi bien que moi. J'ai dans la tête certaine petite vengeance dont je vais goûter le plaisir.

SYLVESTRE. – Pourquoi, de gaieté de cœur, veux-tu chercher à t'attirer de méchantes affaires ?

SCAPIN. – Je me plais à tenter des entreprises hasardeuses.

SYLVESTRE. – Je te l'ai déjà dit, tu quitterais le dessein[14] que tu as, si tu m'en voulais croire.

SCAPIN. – Oui ; mais c'est moi que j'en croirai.

SYLVESTRE. – À quoi diable te vas-tu amuser ?

SCAPIN. – De quoi diable te mets-tu en peine ?

SYLVESTRE. – C'est que je vois que sans nécessité tu vas courir risque de t'attirer une venue[15] de coups de bâton.

SCAPIN. – Hé bien ! c'est au dépens de mon dos, et non pas du tien.

SYLVESTRE. – Il est vrai que tu es maître de tes épaules, et tu en disposeras comme il te plaira.

SCAPIN. – Ces sortes de périls ne m'ont jamais arrêté, et je hais ces cœurs pusillanimes[16] qui, pour trop prévoir les suites des choses, n'osent rien entreprendre.

ZERBINETTE, *à Scapin.* – Nous aurons besoin de tes soins.

SCAPIN. – Allez, je vous irai bientôt rejoindre. Il ne sera pas dit qu'impunément on m'ait mis en état de me trahir moi-même et de découvrir les secrets qu'il était bon qu'on ne sût pas.

---

14. Dessein : projet. **15. Une venue :** une volée. **16. Pusillanimes :** faibles.

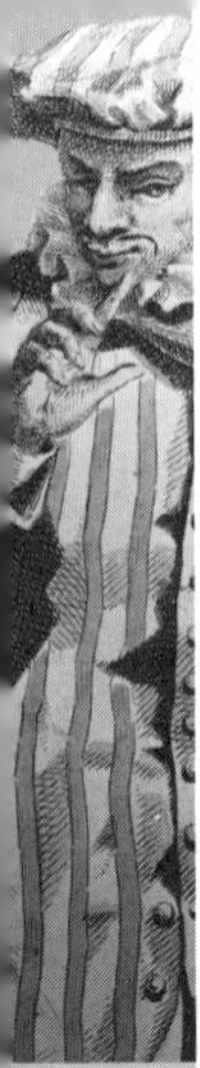

QUESTIONS SUR L'ACTE III, SCÈNE 1

AI-JE BIEN LU ?

1 **a.** Qui sont Hyacinte et Zerbinette ? Quelle est leur situation familiale ?
b. Quel est le sujet de conversation entre les deux jeunes femmes ?
c. Que projette Scapin à la fin de la scène ?

J'ANALYSE LE TEXTE

Les personnages féminins

2 **a.** Relevez les expressions qui marquent la similitude (l. 36-39). En quoi les destins de Hyacinte et de Zerbinette peuvent-ils être rapprochés ?
b. Pourquoi chacune se trouve plus malheureuse que l'autre ?
c. Relevez dans les répliques de Zerbinette les mots qui soulignent sa joie de vivre et son goût pour les contes.
d. Hyacinte et Zerbinette ont-elles le même caractère ? Justifiez.

Le thème de l'amour

3 Parmi les phrases suivantes, lesquelles traduisent la méfiance de Zerbinette vis-à-vis de l'amour ? vis-à-vis de Léandre ?
– « Je n'y suis pas si hardie » (l. 13).
– « Ce n'est pas assez pour m'assurer entièrement » (l. 18).
– « Ton maître s'abusera s'il croit qu'il lui suffise de m'avoir achetée pour me voir toute à lui » (l. 21-22).

4 Selon Zerbinette, quelles sont les deux menaces qui pèsent sur l'amour (l. 50 à 55) ? Quelle est la plus redoutable ?

5 Le paradoxe

> Un paradoxe est une opinion allant contre le sens commun.

Quelle est l'opinion de Scapin sur l'amour (l. 60-64) ? Montrez qu'elle est fondée sur un paradoxe.

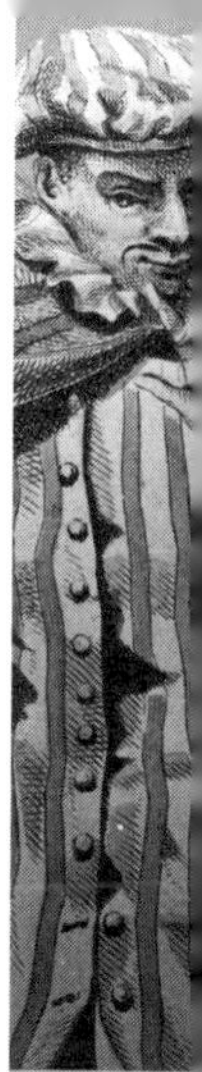

Le comique de farce

Le contraste

6 Divisez cette scène en deux parties.

a. Dans quelle partie le ton est-il plus sérieux ?

b. Dans quelle partie le comique reprend-il ses droits ?

c. Pourquoi, selon vous, Molière fait-il une pause dans le comique ? (Chassez l'intrus.)

– Parce qu'il veut surprendre les spectateurs ?

– Parce qu'il veut mettre en valeur la partie comique ?

– Parce qu'il veut montrer que le sérieux et le comique sont inséparables ?

Le comique de caractère

7 Relisez l'échange entre Scapin et Sylvestre (l. 72 à la fin).

a. Relevez les termes par lesquels Scapin met en avant son goût de la vengeance et du risque.

b. Analyser la réaction de Sylvestre en citant le texte.

c. Relevez les parallélismes (reprises d'expressions) d'une réplique à l'autre (l. 78-82).

8 Le comique de caractère est-il fondé sur la différence ou sur la ressemblance de ces deux personnages ?

J'ÉTUDIE LA LANGUE

9 « Tu quitterais [...] m'en croire » (l. 78-79) ; « À quoi diable te vas-tu amuser ? » (l. 81).

a. Réécrivez ces phrases en français moderne.

b. Quels changements observez-vous entre les phrases de Molière et vos deux phrases ?

10 « du stratagème dont tu t'es avisé » (l. 66-67).

a. Quel est le sens du mot « stratagème » ?

b. Que signifient les expressions : *mettre au point un stratagème, déjouer un stratagème* ?

ACTE III

Scène 2

GÉRONTE, SCAPIN.

GÉRONTE. – Hé bien ! Scapin, comment va l'affaire de mon fils ?

SCAPIN. – Votre fils, Monsieur, est en lieu de sûreté ; mais vous courez maintenant, vous, le péril le plus grand du monde, et je voudrais pour beaucoup que vous fussiez dans votre logis.

GÉRONTE. – Comment donc ?

SCAPIN. – À l'heure que je vous parle, on vous cherche de toutes parts pour vous tuer.

GÉRONTE. – Moi ?

SCAPIN. – Oui.

GÉRONTE. – Et qui ?

SCAPIN. – Le frère de cette personne qu'Octave a épousée. Il croit que le dessein que vous avez de mettre votre fille à la place que tient sa sœur est ce qui pousse le plus fort[1] à faire rompre leur mariage, et, dans cette pensée, il a résolu hautement de décharger son désespoir sur vous, et de vous ôter la vie pour venger son honneur. Tous ses amis, gens d'épée comme lui, vous cherchent de tous les côtés et demandent de vos nouvelles. J'ai vu même deçà et delà des soldats de sa compagnie qui interrogent

1. **Ce qui pousse le plus fort à faire rompre leur mariage :** ce qui pousse le plus à faire rompre leur mariage.

ceux qu'ils trouvent, et occupent par pelotons toutes les avenues[2] de votre maison. De sorte que vous ne sauriez aller chez vous, vous ne sauriez faire un pas ni à droite ni à gauche, que vous ne tombiez dans leurs mains.

GÉRONTE. – Que ferai-je, mon pauvre Scapin ?

SCAPIN. – Je ne sais pas, Monsieur, et voici une étrange affaire. Je tremble pour vous depuis les pieds jusqu'à la tête, et... Attendez. *(Il se retourne, et fait semblant d'aller voir au bout du théâtre s'il n'y a personne.)*

GÉRONTE, *en tremblant.* – Eh ?

SCAPIN, *en revenant.* – Non, non, non, ce n'est rien.

GÉRONTE. – Ne saurais-tu trouver quelque moyen pour me tirer de peine ?

SCAPIN. – J'en imagine bien un ; mais je courrais risque, moi, de me faire assommer.

GÉRONTE. – Eh ! Scapin, montre-toi serviteur zélé. Ne m'abandonne pas, je te prie.

SCAPIN. – Je le veux bien. J'ai une tendresse pour vous qui ne saurait souffrir que je vous laisse sans secours.

GÉRONTE. – Tu en seras récompensé, je t'assure ; et je te promets cet habit-ci, quand je l'aurai un peu usé.

SCAPIN. – Attendez. Voici une affaire[3] que je me suis trouvée fort à propos pour vous sauver. Il faut que vous vous mettiez dans ce sac, et que...

GÉRONTE, *croyant voir quelqu'un.* – Ah !

SCAPIN. – Non, non, non, non, ce n'est personne. Il faut, dis-je, que vous vous mettiez là-dedans, et que vous vous

---

2. Avenues : accès.
3. Une affaire : un grand sac que Scapin montre à Géronte.

gardiez de remuer en aucune façon. Je vous chargerai sur mon dos comme un paquet de quelque chose, et je vous porterai ainsi, au travers de vos ennemis, jusque dans votre maison, où, quand nous serons une fois, nous pourrons nous barricader et envoyer quérir main-forte contre la violence.

GÉRONTE. – L'invention est bonne.

SCAPIN. – La meilleure du monde. Vous allez voir. *(À part.)* Tu me paieras l'imposture.

GÉRONTE. – Eh ?

SCAPIN. – Je dis que vos ennemis seront bien attrapés. Mettez-vous bien jusqu'au fond, et surtout prenez garde de ne vous point montrer et de ne branler[4] pas, quelque chose qui puisse arriver[5].

GÉRONTE. – Laisse-moi faire. Je saurai me tenir...

SCAPIN. – Cachez-vous, voici un spadassin qui vous cherche. *(En contrefaisant sa voix.)* « Quoi ! jé n'aurai pas l'abantage dé tuer cé Géronte et quelqu'un par charité né m'enseignera pas où il est ? » *(À Géronte, avec sa voix ordinaire.)* Ne branlez pas. *(Reprenant son ton contrefait.)* « Cadédis ! jé lé trouberai, se cachât-il au centre de la terre. » *(À Géronte, avec son ton naturel.)* Ne vous montrez pas. *(Tout le langage gascon est supposé de celui qu'il contrefait, et le reste de lui.)* « Oh ! l'homme au sac. – Monsieur. – Jé té vaille[6] un louis, et m'enseigne où put être Géronte. – Vous cherchez le seigneur Géronte ? – Oui, mordi ! jé lé cherche.

---

4. Branler : bouger.
5. Quelque chose qui puisse arriver : quoi qu'il arrive.
6. Vaille : déformation du verbe « bailler » qui signifie ici « donner ».

– Et pour quelle affaire, Monsieur ? – Pour quelle affaire ? – Oui. – Jé beux, cadédis ! lé faire mourir sous les coups dé vâton. – Oh ! Monsieur, les coups de bâton ne se donnent point à des gens comme lui, et ce n'est pas un homme à être traité de la sorte. – Qui, cé fat[7] de Géronte, cé maraud, cé vélître[8] ? – Le seigneur Géronte, Monsieur, n'est ni fat, ni maraud, ni belître, et vous devriez, s'il vous plaît, parler d'autre façon. – Comment ! tu mé traîtes, à moi, avec cette hauteur ? – Je défends, comme je dois, un homme d'honneur qu'on offense. – Est-ce que tu es des amis dé cé Géronte ? – Oui, Monsieur, j'en suis. – Ah ! cadédis ! tu es dé ses amis, à la vonne hure ! *(Il donne plusieurs coups de bâton sur le sac.)* Tiens ! boilà cé qué jé té vaille pour lui. – Ah ! ah ! ah ! ah ! Monsieur. Ah ! ah ! Monsieur, tout beau ! Ah ! doucement, ah ! ah ! ah ! – Va, porte-lui cela dé ma part. Adiusias[9] ! » Ah ! Diable soit le Gascon ! Ah ! *(en se plaignant et remuant le dos, comme s'il avait reçu les coups de bâton).*

GÉRONTE, *mettant la tête hors du sac.* – Ah ! Scapin, je n'en puis plus.

SCAPIN. – Ah ! Monsieur, je suis tout moulu, et les épaules me font un mal épouvantable.

GÉRONTE. – Comment ! c'est sur les miennes qu'il a frappé.

SCAPIN. – Nenni, Monsieur, c'était sur mon dos qu'il frappait.

GÉRONTE. – Que veux-tu dire ? J'ai bien senti les coups, et les sens bien encore.

---

7. Fat : prétentieux.
8. Vélître : pour « bélître » qui signifie bon à rien.
9. Adiusias : adieu.

Scapin. – Non, vous dis-je, ce n'était que le bout du bâton qui a été jusque sur vos épaules.

Géronte. – Tu devais donc te retirer un peu plus loin pour m'épargner...

Scapin, *lui remet la tête dans le sac.* – Prenez garde, en voici un autre qui a la mine d'un étranger. (*Cet endroit est de même que celui du Gascon pour le changement de langage et le jeu de théâtre.*) « Parti, moi courir comme une Basque[10], et moi ne pouvre point troufair de tout le jour sti tiable de Gironte. » *(À Géronte, avec sa voix ordinaire.)* Cachez-vous bien. « Dites-moi un peu, fous, Monsir l'homme, s'il ve plaît, fous savoir point où l'est sti Gironte que moi cherchair ? – Non, Monsieur, je ne sais point où est Géronte. – Dites-moi-le, fous, frenchemente, moi li fouloir pas grande chose à lui. L'est seulemente pour le donnair une petite régal sur le dos d'une douzaine de coups de bâtonne, et de trois ou quatre petites coups d'épée au trafers de son poitrine. – Je vous assure, Monsieur, que je ne sais pas où il est. – Il me semble que j'y fois remuair quelque chose dans sti sac. – Pardonnez-moi, Monsieur. – Li est assurément quelque histoire là-tetans.[11] – Point du tout, Monsieur. – Moi l'avoir enfie de tonner ain coup d'épée dans sti sac. – Ah ! Monsieur, gardez-vous-en bien. – Montre-le-moi un peu, fous, ce que c'être là. – Tout beau ! Monsieur. – Quement ? tout beau ? – Vous n'avez que faire de vouloir voir ce que je porte. – Et moi,

10. Courir comme un Basque : courir très vite.
11. Li est assurément quelque histoire là-tetans : il y a quelque chose de louche là-dedans.

je le fouloir foir, moi. – Vous ne le verrez point. – Ah ! que de badinemente ! – Ce sont hardes qui m'appartiennent. – Montre-moi fous, te dis-je. – Je n'en ferai rien. – Toi ne faire rien ? – Non. – Moi pailler de ste bâtonne dessus les épaules de toi. – Je me moque de cela. – Ah ! toi faire le trôle ! – *(Donnant des coups de bâton sur le sac et criant comme s'il les recevait.)* Ahi ! ahi ! ahi ! Ah ! Monsieur, ah ! ah ! ah ! – Jusqu'au refoir. L'être là un petit leçon pour li apprendre à toi à parlair insolentemente. » Ah ! Peste soit du baragouineux ! Ah !

Gravure de Louis Lenoir, XIXe siècle, Paris, Bibliothèque Nationale.

Géronte, *sortant la tête du sac.* – Ah ! je suis roué.[12]

Scapin. – Ah ! je suis mort.

Géronte. – Pourquoi diantre faut-il qu'ils frappent sur mon dos ?

Scapin, *lui remettant la tête dans le sac.* – Prenez garde, voici une demi-douzaine de soldats tout ensemble. *(Il contrefait plusieurs personnes ensemble.)* « Allons, tâchons à trouver ce Géronte, cherchons partout. N'épargnons point nos pas. Courons toute la ville. N'oublions aucun lieu. Visitons tout. Furetons de tous les côtés. Par où irons-nous ? Tournons par là. Non, par ici. À gauche. À droite. Nenni. Si fait. » *(À Géronte, avec sa voix ordinaire.)* Cachez-vous bien. « Ah ! camarades, voici son valet. Allons, coquin, il faut que tu nous enseignes où est ton maître. – Eh ! Messieurs, ne me maltraitez point. – Allons, dis-nous où il est. Parle. Hâte-toi. Expédions. Dépêche vite. Tôt. – Eh ! Messieurs, doucement. *(Géronte met doucement la tête hors du sac et aperçoit la fourberie de Scapin.)* – Si tu ne nous fais trouver ton maître tout à l'heure, nous allons faire pleuvoir sur toi une ondée de coups de bâton. – J'aime mieux souffrir toute chose[13] que de vous découvrir mon maître. – Nous allons t'assommer. – Faites tout ce qu'il vous plaira. – Tu as envie d'être battu ? – Je ne trahirai point mon maître. – Ah ! tu en veux tâter ? Voilà... – Oh ! » *(Comme il est prêt de frapper, Géronte sort du sac et Scapin s'enfuit.)*

Géronte. – Ah ! infâme ! Ah ! traître ! Ah ! scélérat ! C'est ainsi que tu m'assassines !

---

12. **Je suis roué :** roué de coups.
13. **Souffrir toute chose :** tout endurer, tout supporter.

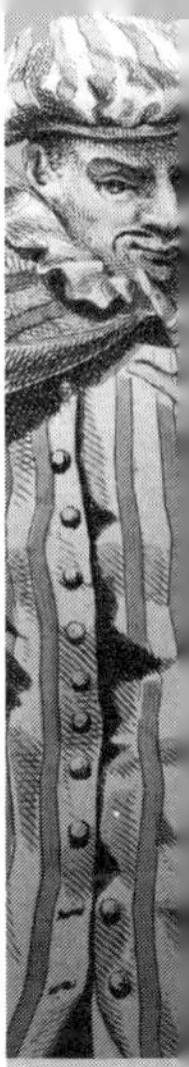

QUESTIONS SUR L'ACTE III, SCÈNE 2

AI-JE BIEN LU ?

1 En quoi consiste la dernière fourberie de Scapin ?
2 Scapin l'a-t-il réussie ?

J'ANALYSE LE TEXTE

La relation maître-valet

3 **a.** D'après les trois phrases suivantes, quel type de serviteur Scapin prétend-il être ?
– « Ce n'est pas un homme à être traité de la sorte » (l. 78-79).
– « Je défends, comme je dois, un homme d'honneur qu'on offense » (l. 83-84).
– « Je ne trahirai point mon maître » (l. 159).
b. Scapin est-il sincère ? Justifiez votre réponse.

Le comique de farce

— Le comique de situation

4 **a.** En quoi cette fourberie repose-t-elle sur un comique de situation ? Quel personnage est tourné en ridicule tout au long de la scène ? Par quels procédés ?
b. Quelle est la situation à la fin de la scène ? En quoi est-elle comique ?
5 **a.** Quel renversement de situation clôt la scène ? De quelle façon se produit-il ?
b. Pourquoi peut-on parler de « trompeur trompé » ?
c. Comment Scapin a-t-il pu se laisser prendre ?

— Le comique de gestes

6 **a.** Quels rôles Scapin joue-t-il successivement ?
b. Quels gestes et déplacements accompagnent ces différents rôles ? Appuyez-vous sur les didascalies.

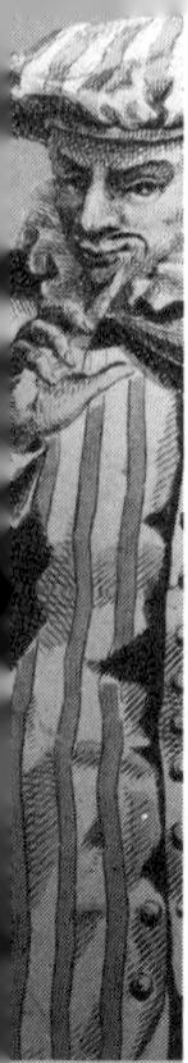

7 Le motif de la bastonnade

> Le motif des coups de bâtons est caractéristique du comique de farce.

Comment Scapin, à trois reprises, justifie-t-il les coups de bâton ? À qui sont-ils censés être donnés ? Qui les reçoit en réalité ?

— Le comique de mots

8 **a.** Quels différents accents Scapin imite-t-il ?

b. Dans chaque langue, relevez les déformations affectant la prononciation. Reproduisez et remplissez la grille ci-dessous en choisissant des exemples signifiants.

	Langue 1	Langue 2
Déformation de voyelles		
Déformation de consonnes		

c. Les phrases courtes sont nombreuses ; elles donnent un rythme endiablé à la scène. Relevez deux exemples de phrases à un terme, deux termes et trois termes.

J'ÉTUDIE LA LANGUE

9 « Que vous fussiez » (l. 5).

a. Donnez l'infinitif de ce verbe.

b. Précisez le temps et le mode de cette forme.

c. Remplacez-la par une forme plus moderne.

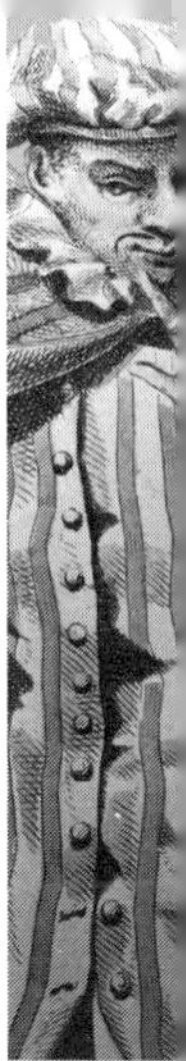

J'ÉCRIS

Le dialogue théâtral

Le dialogue théâtral répond à des codes de présentation précis : la réplique est précédée du nom de celui qui l'énonce. Dans un roman, les différents interlocuteurs sont signalés par des tirets et un passage à la ligne.

10 Dans les lignes 64 à 79, rétablissez la présentation du dialogue théâtral entre Scapin et le supposé spadassin. Vous supprimerez les didascalies.

POUR ALLER PLUS LOIN

Le théâtre dans le théâtre

11 Dans cette scène, Scapin joue la comédie : il interprète successivement trois rôles différents. Rappelez pourquoi on nomme cette technique « théâtre dans le théâtre » ?

ACTE III

Scène 3

ZERBINETTE, GÉRONTE.

ZERBINETTE, *en riant, sans voir Géronte.* – Ah ! ah ! je veux prendre un peu l'air.

GÉRONTE, *se croyant seul.* – Tu me le payeras, je te jure.

ZERBINETTE, *sans voir Géronte.* – Ah ! ah ! ah ! ah ! la plaisante histoire, et la bonne dupe que ce vieillard !

GÉRONTE. – Il n'y a rien de plaisant à cela, et vous n'avez que faire d'en rire.

ZERBINETTE. – Quoi ! que voulez-vous dire, Monsieur ?

GÉRONTE. – Je veux dire que vous ne devez pas vous moquer de moi.

ZERBINETTE. – De vous ?

GÉRONTE. – Oui.

ZERBINETTE. – Comment ? qui songe à se moquer de vous ?

GÉRONTE. – Pourquoi venez-vous ici me rire au nez ?

ZERBINETTE. – Cela ne vous regarde point, et je ris toute seule d'un conte qu'on me vient de faire[1], le plus plaisant qu'on puisse entendre ; je ne sais pas si c'est parce que je suis intéressée dans la chose, mais je n'ai jamais trouvé rien de si drôle qu'un tour qui vient d'être joué par un fils à son père pour en attraper de l'argent.

1. **Un conte qu'on me vient de faire :** une histoire qu'on vient de me raconter.

GÉRONTE. – Par un fils à son père pour en attraper de l'argent ?

ZERBINETTE. – Oui. Pour peu que vous me pressiez, vous me trouverez assez disposée à vous dire l'affaire, et j'ai une démangeaison naturelle à faire part des contes que je sais.

GÉRONTE. – Je vous prie de me dire cette histoire.

ZERBINETTE. – Je le veux bien. Je ne risquerai pas grand'chose à vous la dire, et c'est une aventure qui n'est pas pour être longtemps secrète. La destinée a voulu que je me trouvasse parmi une bande de ces personnes qu'on appelle Égyptiens, et qui, rôdant de province en province, se mêlent de dire la bonne fortune, et quelquefois de beaucoup d'autres choses. En arrivant dans cette ville, un jeune homme me vit et conçut pour moi de l'amour. Dès ce moment il s'attache à mes pas, et le voilà d'abord comme tous les jeunes gens, qui croient qu'il n'y a qu'à parler, et qu'au moindre mot qu'ils nous disent, leurs affaires sont faites ; mais il trouva une fierté[2] qui lui fit un peu corriger ses premières pensées. Il fit connaître sa passion aux gens qui me tenaient, et il les trouva disposés à me laisser à lui moyennant quelque somme. Mais le mal de l'affaire était que mon amant[3] se trouvait dans l'état où l'on voit très souvent la plupart des fils de famille, c'est-à-dire qu'il était dénué d'argent ; et il a un père qui, quoique riche, est un avaricieux fieffé, le plus vilain[4] homme du monde. Attendez. Ne me saurais-je souvenir

2. Fierté : retenue, réserve.
3. Mon amant : mon amoureux (Léandre).
4. Vilain : avare.

de son nom ? Hai ! Aidez-moi un peu. Ne pouvez-vous me nommer quelqu'un de cette ville qui soit connu pour être avare au dernier point ?

GÉRONTE. – Non.

ZERBINETTE. – Il y a à son nom du ron... ronte. Or... Oronte. Non. Gé... Géronte. Oui. Géronte, justement ; voilà mon vilain, je l'ai trouvé, c'est ce ladre-là[5] que je dis. Pour venir à notre conte, nos gens ont voulu aujourd'hui partir de cette ville, et mon amant m'allait perdre, faute d'argent, si, pour en tirer de son père, il n'avait trouvé de secours dans l'industrie[6] d'un serviteur qu'il a. Pour le nom du serviteur, je le sais à merveille. Il s'appelle Scapin ; c'est un homme incomparable, et il mérite toutes les louanges qu'on peut donner.

GÉRONTE, *à part*. – Ah ! coquin que tu es !

ZERBINETTE. – Voici le stratagème dont il s'est servi pour attraper sa dupe[7]. Ah ! ah ! ah ! ah ! Je ne saurais m'en souvenir que je ne rie de tout mon cœur. Ah ! ah ! ah ! Il est allé chercher ce chien d'avare ! ah ! ah ! ah ! et lui a dit qu'en se promenant sur le port avec son fils, hi ! hi ! ils avaient vu une galère turque où on les avait invités d'entrer ; qu'un jeune Turc leur y avait donné la collation, ah ! que, tandis qu'ils mangeaient, on avait mis la galère en mer, et que le Turc l'avait renvoyé lui seul à terre dans un esquif, avec l'ordre de dire au père de son maître qu'il emmenait son fils en Alger, s'il ne lui envoyait tout à l'heure[8] cinq cents écus. Ah ! ah ! ah ! Voilà mon ladre,

5. Ce ladre : cet avare.
6. L'industrie : l'ingéniosité.
7. Sa dupe : sa victime (Géronte).
8. Tout à l'heure : sur-le-champ.

mon vilain, dans de furieuses angoisses ; et la tendresse qu'il a pour son fils fait un combat étrange avec son avarice. Cinq cents écus qu'on lui demande sont justement cinq cents coups de poignard qu'on lui donne. Ah ! ah ! ah ! Il ne peut se résoudre à tirer cette somme de ses entrailles, et la peine qu'il souffre lui fait trouver cent moyens ridicules pour ravoir son fils. Ah ! ah ! Il veut envoyer la justice en mer après la galère du Turc. Ah ! ah ! ah ! Il sollicite son valet de s'aller offrir à tenir la place de son fils jusqu'à ce qu'il ait amassé l'argent qu'il n'a pas envie de donner. Ah ! ah ! ah ! il abandonne, pour faire les cinq cents écus, quatre ou cinq vieux habits qui n'en valent pas trente. Ah ! ah ! ah ! Le valet lui fait comprendre à tous coups l'impertinence[9] de ses propositions, et chaque réflexion est douloureusement accompagnée d'un : « Mais que diable allait-il faire à cette galère ? Ah ! maudite galère ! Traître de Turc ! » Enfin, après plusieurs détours, après avoir longtemps gémi et soupiré… Mais il me semble que vous ne riez point de mon conte. Qu'en dites-vous ?

GÉRONTE. – Je dis que le jeune homme est un pendard, un insolent, qui sera puni par son père du tour qu'il lui a fait ; que l'Égyptienne est une malavisée, une impertinente, de dire des injures à un homme d'honneur qui saura lui apprendre à venir ici débaucher les enfants de famille[10], et que le valet est un scélérat qui sera par Géronte envoyé au gibet[11] avant qu'il soit demain.

---

9. L'impertinence : l'absurdité.
10. Débaucher les enfants de famille : détourner du bon chemin les enfants de bonne famille.
11. Envoyé au gibet : condamné à être pendu.

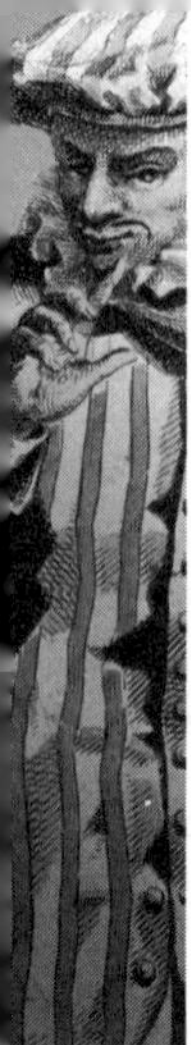

QUESTIONS SUR L'ACTE III, SCÈNE 3

AI-JE BIEN LU ?

1 Quelle histoire Zerbinette raconte-t-elle ? À qui ?
2 Quelle maladresse commet-elle ?

J'ANALYSE LE TEXTE

Le personnage de Zerbinette

3 D'après cette scène, quels sont les qualités et les défauts de Zerbinette ? Citez le texte.

Le récit au théâtre

4 **a.** Faites le plan du récit autobiographique de Zerbinette.

> Dans un récit autobiographique, une personne réelle ou un personnage raconte sa propre vie.

b. Relevez les éléments de romanesque (personnages, lieux, aventures extraordinaires).
c. Faites coïncider chaque partie du récit avec les lignes correspondantes de la scène 7 de l'acte II.
5 Sur quel ton Zerbinette raconte-t-elle la fourberie de Scapin ?
6 Relisez les lignes 1 à 26.
a. Zerbinette connaît-elle l'identité de son interlocuteur ?
b. « vous ne devez pas vous moquer de moi » (l. 9-10) : pourquoi Géronte croit-il que Zerbinette se moque de lui ?

Le comique de farce

— Le quiproquo

> Il y a un quiproquo quand se produit une erreur sur l'identité d'une personne ou sur une situation alors que le spectateur connaît la vérité.

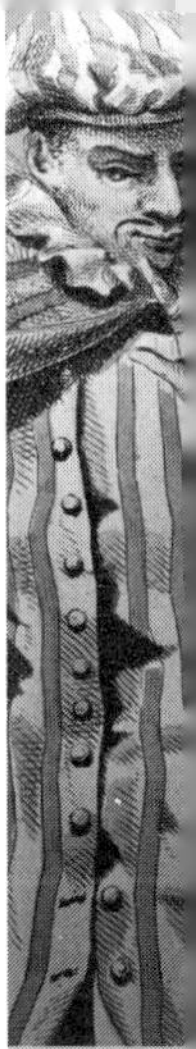

7 **a.** « Je vous prie de me dire cette histoire » (l. 26): pourquoi Géronte a-t-il envie d'entendre l'histoire de Zerbinette ?
b. À quel moment Géronte comprend-il que Zerbinette parle de lui ?
c. En quoi la situation est-elle comique ?

— La fonction du rire

8 **a.** Pour quelle raison Zerbinette rit-elle ?
b. Quelle réaction son rire déclenche-t-il chez le spectateur ?
c. Et chez Géronte ? Quelle opposition notez-vous ? Commentez l'effet produit.

— La caractérisation

9 Voici une série de caractérisations : « mon vilain », « ce ladre-là », (l. 53) ; « un homme incomparable » (l. 59), « sa dupe » (l. 63), « un pendard », « un insolent » (l. 93-94), « une malavisée », « une impertinente » (l. 95), « un homme d'honneur » (l. 96), « un scélérat » (l. 98). Après avoir complété le tableau, expliquez le comique de ces caractérisations.

Caractérisation	Énonciateur	Personnage désigné	Vocabulaire (appréciatif/dépréciatif)

10 À quelle suite le spectateur peut-il s'attendre ? Peut-il supposer que Géronte va prendre sa revanche ?

J'ÉTUDIE LA LANGUE

Les valeurs du présent

- Le **présent d'actualité** exprime des actions qui se produisent au moment où l'on parle.
- Le **présent de vérité générale** exprime un fait ou une idée valable de tout temps.
- Le **présent de narration** met en valeur une action dans un récit au passé.

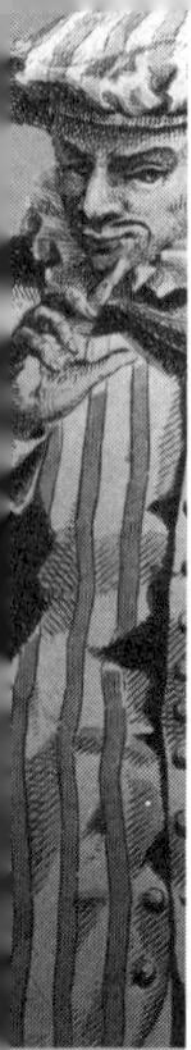

11 Précisez les valeurs du présent dans chacune des phrases suivantes :

a. « Je veux prendre un peu l'air » (l. 1-2).

b. « Dès ce moment il s'attache à mes pas » (l. 35).

c. « Comme tous les jeunes gens qui croient qu'il n'y a qu'à parler... » (l. 36-37).

12 « Je ne saurais m'en souvenir que je ne rie de tout mon cœur » (l. 63-64) : transformez la proposition subordonnée en groupe infinitif (préposition suivie d'un verbe à l'infinitif et de son complément).

J'ÉCRIS

13 À son tour, Géronte raconte à Argante la scène de la galère, mais en se donnant le beau rôle. Imaginez sa version des événements.

CONSIGNES D'ÉCRITURE

- Commencez ainsi : « Ah seigneur Argante, que j'ai plaisir à vous trouver ! Figurez-vous que Scapin est venu me dire que... »
- Respectez la disposition du dialogue théâtral.
- Argante peut poser des questions ou faire des commentaires.

POUR ALLER PLUS LOIN

Le récit au théâtre

14 Retrouvez au moins un autre dans la pièce. Précisez le nom du narrateur, le temps du récit (passé simple, présent de narration), le type d'histoire (romanesque, dramatique, comique) et la fonction du récit (amuser, informer le spectateur).

Scène 4

SYLVESTRE, ZERBINETTE.

SYLVESTRE. – Où est-ce donc que vous vous échappez ? Savez-vous bien que vous venez de parler là au père de votre amant ?

ZERBINETTE. – Je viens de m'en douter et je me suis adressée à lui-même, sans y penser, pour lui conter son histoire.

SYLVESTRE. – Comment, son histoire ?

ZERBINETTE. – Oui, j'étais toute remplie du conte, et je brûlais de le redire. Mais qu'importe ? Tant pis pour lui. Je ne vois pas que les choses pour nous en puissent être ni pis ni mieux.

SYLVESTRE. – Vous aviez grande envie de babiller[1] ; et c'est avoir bien de la langue que de ne pouvoir se taire de ses propres affaires.

ZERBINETTE. – N'aurait-il pas appris cela de quelque autre ?

1. Babiller : parler.

ACTE III

Scène 5

ARGANTE, SYLVESTRE.

ARGANTE. – Holà ! Sylvestre.

SYLVESTRE, *à Zerbinette.* – Rentrez dans la maison. Voilà mon maître qui m'appelle.

ARGANTE. – Vous vous êtes donc accordés, coquin ; vous vous êtes accordés, Scapin, vous et mon fils, pour me fourber[2], et vous croyez que je l'endure[3] ?

SYLVESTRE. – Ma foi, Monsieur, si Scapin vous fourbe, je m'en lave les mains, et vous assure que je n'y trempe en aucune façon.

ARGANTE. – Nous verrons cette affaire, pendard, nous verrons cette affaire, et je ne prétends pas qu'on me fasse passer la plume par le bec[4].

ACTE III

Scène 6

GÉRONTE, ARGANTE, SYLVESTRE.

GÉRONTE. – Ah ! seigneur Argante, vous me voyez accablé de disgrâce.

---

2. Fourber : tromper.
3. Que je l'endure : que je puisse le supporter.
4. Qu'on me fasse passer la plume par le bec : qu'on m'empêche d'agir à ma guise (autrefois, on passait une plume à travers les deux orifices du bec des oies pour les empêcher de franchir les haies).

ARGANTE. – Vous me voyez aussi dans un accablement horrible.

GÉRONTE. – Le pendard de Scapin, par une fourberie, m'a attrapé cinq cents écus.

ARGANTE. – Le même pendard de Scapin, par une fourberie aussi, m'a attrapé deux cents pistoles.

GÉRONTE. – Il ne s'est pas contenté de m'attraper cinq cents écus, il m'a traité d'une manière que j'ai honte de dire. Mais il me la payera.

ARGANTE. – Je veux qu'il me fasse raison de la pièce qu'il m'a jouée.

GÉRONTE. – Et je prétends faire de lui une vengeance exemplaire.

SYLVESTRE, *à part.* – Plaise au Ciel que dans tout ceci je n'aie point ma part !

GÉRONTE. – Mais ce n'est pas encore tout, seigneur Argante, et un malheur nous est toujours l'avant-coureur d'un autre. Je me réjouissais aujourd'hui de l'espérance d'avoir ma fille, dont je faisais toute ma consolation, et je viens d'apprendre de mon homme[5] qu'elle est partie, il y a longtemps, de Tarente[6], et qu'on y croit qu'elle a péri dans le vaisseau où elle s'embarqua.

ARGANTE. – Mais pourquoi, s'il vous plaît, la tenir à Tarente, et ne vous être pas donné la joie de l'avoir avec vous ?

GÉRONTE. – J'ai eu mes raisons pour cela, et des intérêts de famille m'ont obligé jusques ici à tenir secret ce second mariage. Mais que vois-je ?

---

5. Voir Acte II, sc. 1, première réplique.
6. Voir Acte I, sc. 1.

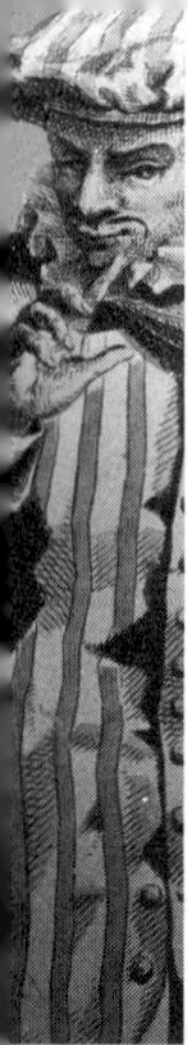

QUESTIONS SUR L'ACTE III, SCÈNES 4, 5 ET 6

AI-JE BIEN LU ?

1 Zerbinette a-t-elle conscience d'avoir commis une maladresse lors de sa rencontre avec Géronte dans la scène 3 ? S'en inquiète-t-elle ?

2 Dans quelle humeur Géronte et Argante se trouvent-ils ? Pourquoi ?

3 Quelle nouvelle Géronte apprend-il concernant sa fille ?

J'ANALYSE LE TEXTE

La fonction des scènes

4 Quelle est l'utilité de chacune des scènes 4, 5, 6 ? Sur votre cahier, faites correspondre chaque scène avec sa fonction, à l'aide d'une flèche.

Scènes	Fonctions
Scène 4 •	• Annonce les événements futurs
Scène 5 •	• Sert de transition
Scène 6 •	• Permet de réintroduire le personnage d'Argante

Les personnages

5 Quel trait de caractère Sylvestre critique-t-il chez Zerbinette dans la scène 4 ?

6 Relevez dans les scènes 5 et 6 les répliques montrant que Sylvestre se désolidarise de Scapin.

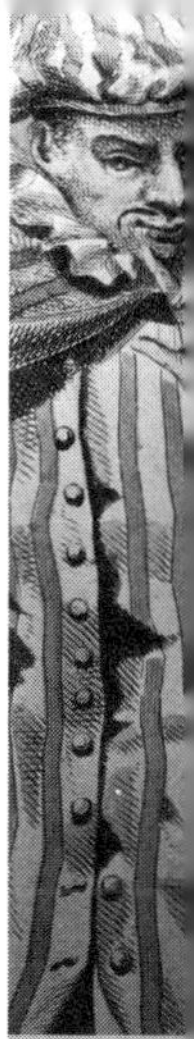

Le comique de farce

Le comique de mots

❼ Dans la scène 5, relevez :
– les termes par lesquels Argante désigne Scapin ;
– des expressions répétées deux fois dans les répliques d'Argante ;
– des expressions imagées.
D'où naît le comique ?

❽ Dans la scène 6, les répliques fonctionnent deux par deux. Que mettent-elles en évidence ? Comment réagit le spectateur ?

Le comique de situation

❾ L'aparté

> On appelle aparté une convention théâtrale qui consiste à faire dire à un personnage des paroles que seul le spectateur est censé entendre.

À qui s'adresse Sylvestre dans son aparté de la scène 6 ? Pourquoi parle-t-il en aparté ? En quoi est-ce drôle ?

Les attentes du spectateur

❿ Quel projet Argante et Géronte forment-ils à propos de Scapin ? À quoi peut-on s'attendre ?

⓫ Quelle inquiétude Géronte exprime-t-il à la fin de la scène 6 (l. 43 à 49) ?

⓬ Qui désignent les pronoms « elle », « la », « l' » (l. 43 à 51) ? Sur quel personnage l'attente du spectateur se concentre-t-elle ? Quelle importance ce personnage a-t-il dans l'action ?

⓭ « Mais que vois-je ? (l. 54) : qui peut arriver ? Émettez des hypothèses.

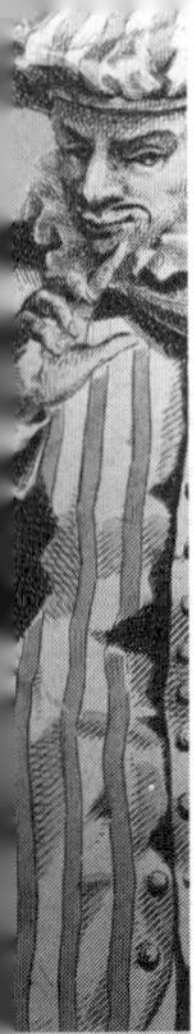

J'ÉCRIS

L'expression du souhait

⓮ « Plaise au ciel que dans tout ceci je n'aie point ma part. » (sc. 6, l. 41-42).

a. Exprimez ce souhait d'une autre manière.

b. Exprimez vos deux souhaits les plus chers de deux manières différentes.

JE FAIS LE POINT

⓯ *Les Fourberies de Scapin* sont une farce en trois actes. Le dénouement de la pièce ne va pas tarder et l'action risque de se compliquer avec l'épisode de la fille de Géronte. Il est temps de faire le point sur les événements survenus depuis le début de la pièce.

a. Que nous a appris la situation de départ (acte I) ?

b. Quelles péripéties se sont succédé dans les actes II et III ?

c. Qui a été le personnage ressort de l'action jusque-là ?

d. Quels personnages ont un passé mystérieux ?

e. Quels seront les événements majeurs du dénouement ?

Scène 7

NÉRINE, ARGANTE, GÉRONTE, SYLVESTRE.

GÉRONTE. – Ah ! te voilà nourrice ?

NÉRINE, *se jetant à ses genoux.* – Ah ! seigneur Pandolphe, que...

GÉRONTE. – Appelle-moi Géronte, et ne te sers plus de ce nom. Les raisons ont cessé, qui m'avaient obligé à le prendre parmi vous à Tarente.

NÉRINE. – Las ! que ce changement de nom nous a causé de troubles et d'inquiétudes dans les soins que nous avons pris de vous venir chercher ici !

GÉRONTE. – Où est ma fille et sa mère ?

NÉRINE. – Votre fille, Monsieur, n'est pas loin d'ici. Mais, avant que de vous la faire voir, il faut que je vous demande pardon de l'avoir mariée, dans l'abandonnement où, faute de vous rencontrer, je me suis trouvée avec elle.

GÉRONTE. – Ma fille mariée !

NÉRINE. – Oui, monsieur.

GÉRONTE. – Et avec qui ?

NÉRINE. – Avec un jeune homme nommé Octave, fils d'un certain seigneur Argante.

GÉRONTE. – Ô ciel !

ARGANTE. – Quelle rencontre !

GÉRONTE. – Mène-nous, mène-nous promptement où elle est.

NÉRINE. – Vous n'avez qu'à entrer dans ce logis.

GÉRONTE. – Passe devant. Suivez-moi, suivez-moi, seigneur Argante.

SYLVESTRE. – Voilà une aventure qui est tout à fait surprenante !

Mise en scène de Louis Jouvet,
théâtre Marigny, Paris, 1949.

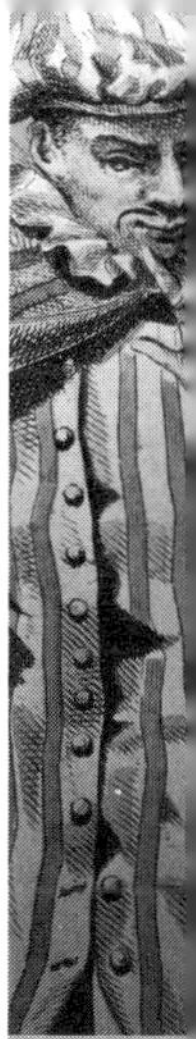

QUESTIONS SUR L'ACTE III, SCÈNE 7

AI-JE BIEN LU ?

1 Qui est Nérine ? Quelle nouvelle apporte-t-elle ?
2 Où est la mère de la fille de Géronte ? À votre avis, pourquoi Nérine ne répond-elle pas à cette question ?
3 Avec qui la fille de Géronte s'est-elle mariée ? De qui s'agit-il ?

J'ANALYSE LE TEXTE

Le personnage de Géronte

4 Sous quel nom Géronte est-il connu à Tarente ?
5 Que comprend maintenant le spectateur de la situation familiale de Géronte ? Qui sont ses enfants ?

Le comique de farce

— Le comique de situation

6 Montrez que les destins de Géronte et d'Argante se croisent. Cette situation vous paraît-elle vraisemblable ou théâtrale ?

J'ÉTUDIE LA LANGUE

7 « Où est ma fille et sa mère ? » (l. 10).
a. Avec quel sujet le verbe « est » s'accorde-t-il ?
b. Transformez cette construction selon les règles d'accord du français moderne. Quel changement remarquez-vous ?
8 « Abandonnement » (l. 13) : par quel mot ce terme a-t-il été remplacé aujourd'hui ?

ACTE III

Scène 8

SCAPIN, SYLVESTRE.

SCAPIN. – Hé bien ! Sylvestre, que font nos gens ?

SYLVESTRE. – J'ai deux avis[1] à te donner. L'un, que l'affaire d'Octave est accommodée. Notre Hyacinte s'est trouvée la fille du seigneur Géronte ; et le hasard a fait ce que la prudence des pères avait délibéré[2]. L'autre avis, c'est que les deux vieillards font contre toi des menaces épouvantables, et surtout le seigneur Géronte.

SCAPIN. – Cela n'est rien. Les menaces ne m'ont jamais fait mal, et ce sont des nuées qui passent bien loin sur nos têtes.

SYLVESTRE. – Prends garde à toi ; les fils pourraient bien raccommoder avec les pères, et toi demeurer dans la nasse[3].

SCAPIN. – Laisse-moi faire, je trouverai moyen d'apaiser leur courroux[4], et...

SYLVESTRE. – Retire-toi, les voilà qui sortent.

1. **Avis :** nouvelles.
2. **Délibéré :** décidé.
3. **Demeurer dans la nasse :** rester pris au piège.
4. **Couroux :** colère.

ACTE III

Scène 9

GÉRONTE, ARGANTE, SYLVESTRE, NÉRINE, HYACINTE.

GÉRONTE. – Allons, ma fille, venez chez moi. Ma joie aurait été parfaite si j'y avais pu voir votre mère avec vous.

ARGANTE. – Voici Octave tout à propos.

ACTE III

Scène 10

OCTAVE, ARGANTE, GÉRONTE,
HYACINTE, NÉRINE, ZERBINETTE, SYLVESTRE.

ARGANTE. – Venez, mon fils, venez vous réjouir avec nous de l'heureuse aventure de votre mariage. Le ciel...

OCTAVE, *sans voir Hyacinte.* – Non, mon père, toutes vos propositions de mariage ne serviront de rien. Je dois lever le masque avec vous, et l'on vous a dit mon engagement.

ARGANTE. – Oui ; mais tu ne sais pas...

OCTAVE. – Je sais tout ce qu'il faut savoir.

ARGANTE. – Je veux te dire que la fille du seigneur Géronte...

OCTAVE. – La fille du seigneur Géronte ne me sera jamais de rien.

GÉRONTE. – C'est elle...

OCTAVE, *à Géronte.* – Non, Monsieur, je vous demande pardon, mes résolutions sont prises.

SYLVESTRE, *à Octave.* – Écoutez.

OCTAVE. – Non, tais-toi, je n'écoute rien.

ARGANTE, *à Octave.* – Ta femme...

OCTAVE. – Non, vous dis-je, mon père, je mourrai plutôt que de quitter mon aimable Hyacinte. *(Traversant le théâtre pour aller à elle.)* Oui, vous avez beau faire, la voilà celle à qui ma foi est engagée ; je l'aimerai toute ma vie, et je ne veux point d'autre femme...

ARGANTE. – Hé bien ! c'est elle qu'on te donne. Quel diable d'étourdi, qui suit toujours sa pointe[5] !

HYACINTE, *montrant Géronte.* – Oui, Octave, voilà mon père que j'ai trouvé, et nous nous voyons hors de peine.

GÉRONTE. – Allons chez moi, nous serons mieux qu'ici pour nous entretenir.

HYACINTE, *montrant Zerbinette.* – Ah ! mon père, je vous demande par grâce que je ne sois pas séparée de l'aimable personne que vous voyez : elle a un mérite qui vous fera concevoir de l'estime pour elle quand il sera connu de vous.

GÉRONTE. – Tu veux que je tienne chez moi une personne qui est aimée de ton frère et qui m'a dit tantôt au nez mille sottises de moi-même !

ZERBINETTE. – Monsieur, je vous prie de m'excuser. Je n'aurais pas parlé de la sorte, si j'avais su que c'était vous, et je ne vous connaissais que de réputation.

---

5. **Qui suit toujours sa pointe :** qui suit toujours son idée.

GÉRONTE. – Comment ! que de réputation ?

HYACINTE. – Mon père, la passion que mon frère a pour elle n'a rien de criminel, et je réponds de sa vertu.

GÉRONTE. – Voilà qui est fort bien. Ne voudrait-on point que je mariasse mon fils avec elle ! Une fille qui, inconnue, fait le métier de coureuse[6] !

ACTE III

Scène 11

LÉANDRE, OCTAVE, HYACINTE, ZERBINETTE, ARGANTE, GÉRONTE, SYLVESTRE, NÉRINE.

LÉANDRE. – Mon père, ne vous plaignez point que j'aime une inconnue sans naissance et sans bien. Ceux de qui je l'ai rachetée viennent de me découvrir qu'elle est de cette ville et d'honnête famille[7] ; que ce sont eux qui l'ont dérobée à l'âge de quatre ans ; et voici un bracelet qu'ils m'ont donné, qui pourra nous aider à trouver ses parents.

ARGANTE. – Hélas ! à voir ce bracelet, c'est ma fille que je perdis à l'âge que vous dites.

GÉRONTE. – Votre fille ?

ARGANTE. – Oui, ce l'est, et j'y vois tous les traits[8] qui m'en peuvent rendre assuré.

HYACINTE. – Ô Ciel ! que d'aventures extraordinaires !

6. Coureuse : vagabonde de mauvaise vie.
7. D'honnête famille : de bonne famille.
8. Les traits : les signes.

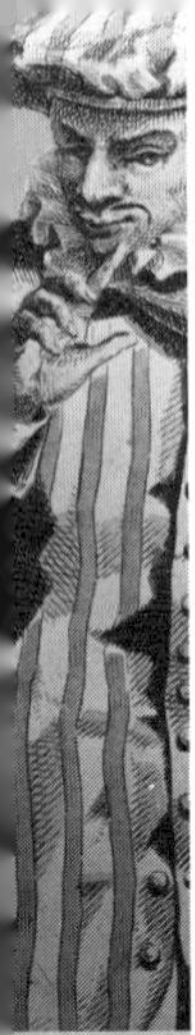

QUESTIONS SUR L'ACTE III, SCÈNES 8 À 11

AI-JE BIEN LU ?

1 **a.** Qui Octave et Léandre vont-ils épouser ?
b. Le sort des deux couples est-il heureux à la fin de la pièce ?

J'ANALYSE LE TEXTE

Le dénouement et les scènes de reconnaissance

Dans une pièce de théâtre, le dénouement permet de « dénouer » l'action, c'est-à-dire de trouver une solution aux problèmes qui nourrissent l'intrigue.

2 En vertu de quelles coïncidences Octave va-t-il épouser Hyacinte ?

3 **a.** De qui Zerbinette se trouve-t-elle être la fille ?
b. De quelle manière cette nouvelle accélère-t-elle le dénouement ?

Le comique de farce

— Le quiproquo (voir la définition, p. 122)

4 Sur quel quiproquo (ou malentendu) repose la première partie de la scène 10 (l. 20 à 43) ? Ce quiproquo appartient-il au comique de mots, de caractère ou de situation ?

— L'interruption de parole

5 **a.** Dans cette même scène, combien de fois Octave coupe-t-il la parole à Argante ? Pourquoi ?
b. Quel effet ce procédé produit-il sur Argante ? et sur les spectateurs ?

— Le coup de théâtre (voir la définition, p. 71)

6 En quoi consiste-t-il ? (Sélectionnez la bonne réponse.)
– L'arrivée d'un nouveau personnage ?
– Les retrouvailles familiales ?

ACTE III

Scène 12

CARLE, LÉANDRE, OCTAVE, GÉRONTE, ARGANTE, HYACINTE, ZERBINETTE, SYLVESTRE, NÉRINE.

CARLE. – Ah ! Messieurs, il vient d'arriver un accident étrange.

GÉRONTE. – Quoi ?

CARLE. – Le pauvre Scapin...

GÉRONTE. – C'est un coquin que je veux pendre.

CARLE. – Hélas ! Monsieur, vous ne serez pas en peine de cela. En passant contre un bâtiment, il lui est tombé sur la tête un marteau de tailleur de pierre qui lui a brisé l'os et découvert toute la cervelle. Il se meurt, et il a prié qu'on l'apportât ici pour vous pouvoir parler avant que de mourir.

ARGANTE. – Où est-il ?

CARLE. – Le voilà.

ACTE III

Scène 13

SCAPIN, CARLE, GÉRONTE, ARGANTE, ETC.

SCAPIN, *apporté par deux hommes, et la tête entourée de linges, comme s'il avait été bien blessé.* – Ahi ! ahi ! Messieurs, vous me voyez... Ahi ! vous me voyez dans un étrange état. Ahi !

Je n'ai pas voulu mourir sans venir demander pardon à toutes les personnes que je puis avoir offensées. Ahi ! oui, Messieurs, avant que de rendre le dernier soupir, je vous conjure de tout mon cœur de vouloir me pardonner tout ce que je puis vous avoir fait, et principalement le seigneur Argante et le seigneur Géronte. Ahi !

ARGANTE. – Pour moi, je te pardonne ; va, meurs en repos...

SCAPIN, à *Géronte.* – C'est vous, Monsieur, que j'ai le plus offensé par les coups de bâton que...

GÉRONTE. – Ne parle pas davantage, je te pardonne aussi.

SCAPIN. – Ç'a été une témérité bien grande à moi que les coups de bâton que je...

GÉRONTE. – Laissons cela.

SCAPIN. – J'ai, en mourant, une douleur inconcevable des coups de bâton que...

GÉRONTE. – Mon Dieu, tais-toi.

SCAPIN. – Les malheureux coups de bâton que je vous...

GÉRONTE. – Tais-toi, te dis-je, j'oublie tout.

SCAPIN. – Hélas ! quelle bonté ! Mais est-ce de bon cœur, Monsieur, que vous me pardonnez ces coups de bâton que...

GÉRONTE. – Eh ! oui. Ne parlons plus de rien ; je te pardonne tout : voilà qui est fait.

SCAPIN. – Ah ! Monsieur, je me sens tout soulagé depuis cette parole.

GÉRONTE. – Oui ; mais je te pardonne à la charge que[1] tu mourras.

---

1. **À la charge que :** à la condition que.

SCAPIN. – Comment, Monsieur ?

GÉRONTE. – Je me dédis de ma parole si tu réchappes[2].

SCAPIN. – Ahi ! ahi ! Voilà mes faiblesses qui me reprennent.

ARGANTE. – Seigneur Géronte, en faveur de notre joie, il faut lui pardonner sans condition.

GÉRONTE. – Soit.

ARGANTE. – Allons souper ensemble pour mieux goûter notre plaisir.

SCAPIN. – Et moi, qu'on me porte au bout de la table, en attendant que je meure.

Mise en scène de Jean-Louis Benoît, avec Gérard Giroudon et Malik Faraoun, Comédie Française, Paris, 1999.

2. Si tu réchappes : si tu guéris.

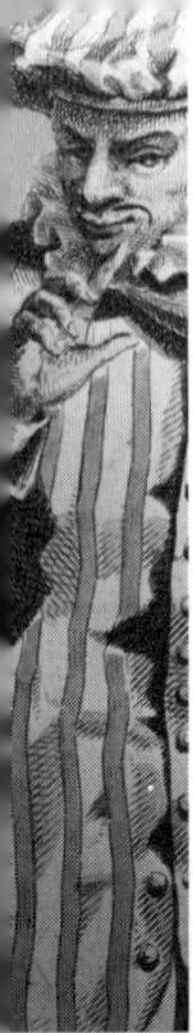

QUESTIONS SUR L'ACTE III, SCÈNES 12 ET 13

AI-JE BIEN LU ?

1. Quelle nouvelle Carle apporte-t-il ?
2. S'agit-il d'une fourberie ou bien la nouvelle est-elle vraie ?
3. Scapin est-il pardonné ?
4. Que vont faire tous les personnages à la fin de la pièce ?

J'ANALYSE LE TEXTE

La durée de l'action

5. **a.** À quel moment de la journée la scène 13 se déroule-t-elle ? Citez un indice du texte.
b. À quel moment l'action a-t-elle commencé (voir acte I, scène 1) ?
c. Combien de temps l'action a-t-elle duré ?

Géronte et Argante

6. Pourquoi Argante accorde-t-il son pardon ?
7. **a.** Pourquoi Géronte veut-il la mort de Scapin ?
b. Quelle condition pose-t-il pour accorder son pardon ?

Le personnage de Scapin

8. **a.** Quel rôle Scapin joue-t-il cette fois-ci ? Relevez tous les éléments de mise en scène (ex. : les pansements).
b. Pourquoi Scapin a-t-il choisi de jouer ce rôle ? Quel avantage peut-il en tirer ?
Sur quel ton Scapin traite-t-il un sujet aussi grave que la mort ? Que traduit cette attitude ? (Sélectionnez la bonne réponse.)
– Scapin ne respecte rien ?
– Scapin n'a peur de rien ?
– Scapin pense qu'on pardonne tout à un mourant ?
c. Scapin va-t-il mourir ? Trouvez dans les didascalies un indice qui vous permet de répondre.

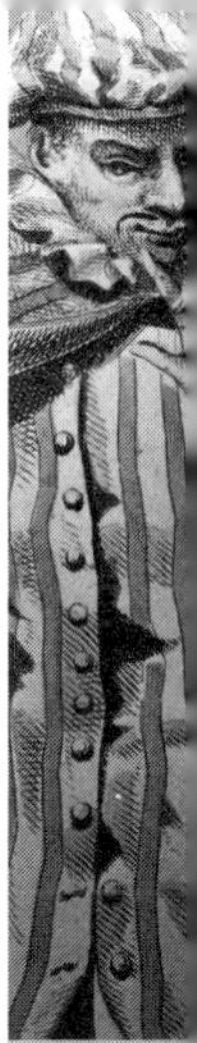

Le comique de farce

— Le comique de mots

9 **a.** Pourquoi Scapin rappelle-t-il à Géronte les coups de bâton qu'il lui a donnés (scène 13) ?
b. Sur quel procédé repose le comique dans cette scène 13 ?

J'ÉCRIS

L'interview de Molière

11 Vous réalisez l'interview de Molière sur *Les Fourberies de Scapin*, et, de façon plus générale, sur les techniques qu'il préfère pour faire rire les spectateurs.

> CONSIGNES D'ÉCRITURE
> Rédigez à la fois vos questions et les réponses de l'auteur.
> Appuyez-vous sur votre connaissance de la pièce.

POUR ALLER PLUS LOIN

Les masques

12 La commedia dell'arte dont s'est inspirée Molière dans *Les Fourberies de Scapin* utilise des masques.
Réalisez les masques de Scapin, Sylvestre, Zerbinette et Géronte. Pour chaque masque, choisissez une couleur dominante en justifiant votre choix : noir, rouge, jaune, blanc.

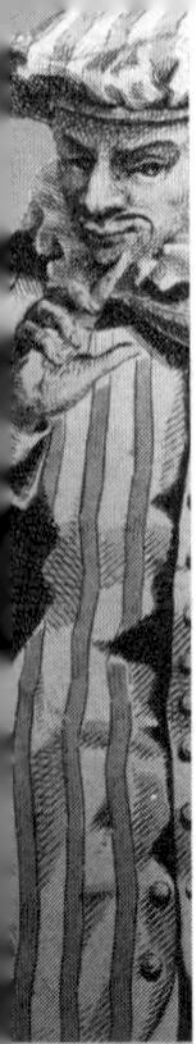

BILAN DE LECTURE

L'ATELIER JEU

❶ Molière : vrai ou faux ?

Répondez par vrai ou faux.

a. Molière était à la fois auteur, comédien et metteur en scène.
b. Molière a vécu sous Louis XIV.
c. Molière et La Fontaine étaient contemporains.
d. Molière est mort centenaire.
e. Molière est le vrai nom de Molière.

❷ Le lieu de l'action

L'action se situe...

☐ à Tarente. ☐ à Naples. ☐ à Rome.

❸ Les personnages

Replacez les noms des personnages :
Léandre, Sylvestre, Zerbinette, Scapin, Hyacinte, Octave.

	Argante		Géronte
	↓		↓
valet	fils		fille
☐ ←	☐	❤	☐
	fille		fils
	☐	❤	☐
			↓
			valet
			☐

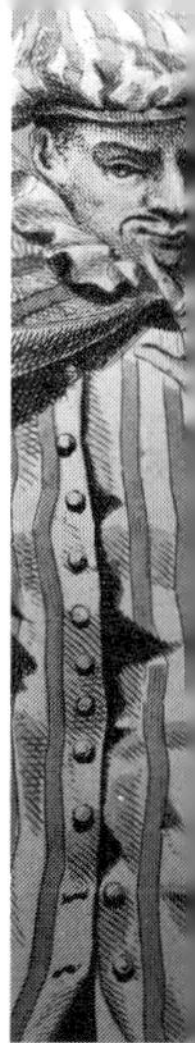

4 Qui a dit ?

Retrouvez les auteurs des paroles suivantes :

a. – « Ah ! le pendard de Turc, m'assassiner de la façon ! »
b. – « C'est toi, pendard, qui a bu mon vin d'Espagne [...] ? »
c. – « La justice en pleine mer ! Vous moquez-vous des gens ! »
d. – « Ah ! fâcheuses nouvelles pour un cœur amoureux ! »
e. – « Je ne suis point bon, et je suis méchant, quand je veux. » Finissons ce discours qui m'échauffe la bile. »
f. – « [...] et je vois se former de loin un nuage de coups de bâton qui crèvera sur mes épaules. »
g. – « Oui, Octave, je suis sûre que vous m'aimez, mais je ne le suis pas que vous m'aimiez toujours. »
h. – « [...] je ris toute seule d'un conte qu'on me vient de faire, le plus plaisant qu'on puisse entendre. »

5 Le comique

Distinguez comique de mots (M), de geste (G), de situation (S).

_____ « Il y a à son nom du ron...ronte. Or...Oronte. Non. Gé... Géronte. Oui. Géronte, justement ; voilà mon vilain [...] » (III, 3)

_____ « Quoi ! jé n'aurai pas l'abantage dé tuer cé Géronte et quelqu'un par charité ne m'enseignera pas où il est ? » (III, 2)

_____ *(Il donne plusieurs coups de bâton sur le sac.)* (III, 2)

6 La langue de Molière

Voici des mots et expression empruntés à la langue de Molière. Choisissez la bonne définition :

a. Avoir du cœur : avoir du courage / être amoureux
b. Je te suis obligé : je te remercie / je veux te contraindre
c. Abuser : tromper / exagérer
d. Tout à l'heure : immédiatement / dans un moment

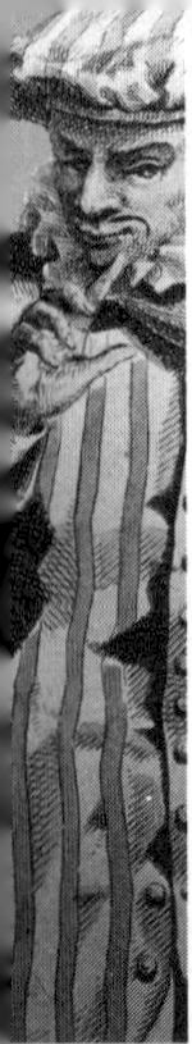

L'ATELIER THÉÂTRE

À vous de jouer !

Trouvez un ou deux accessoires pour jouer le rôle de Scapin (bonnet, casquette, tee-shirt rayé...).

7 Jouer la scène entre Argante et Scapin (I, 4)

Apprenez la scène. En cas de problème, vous pourrez la jouer avec le livre.

L'élève qui joue Argante parle seul, au début de la scène, il ne sait pas qu'il est entendu. Scapin, face à lui est le témoin caché : il voit et entend sans être vu. Travaillez ses paroles en aparté, imaginez des mimiques et gestes amusants.

8 Jouer la scène de la galère (II, 7)

Apprenez la scène. Jouez-la de préférence sans le livre.

Travaillez :

– le jeu de cache-cache au début de la scène (Scapin fait semblant de ne pas voir Géronte) ;

– l'enchaînement des répliques (le rythme est rapide) ;

– le comique de la répétition : « Que diable... » ;

– le jeu avec la bourse à la fin de la scène.

9 Jouer la scène du sac (III, 2)

La scène est difficile à apprendre. Vous la jouerez avec le livre.

CONSIGNES POUR LE JEU

• Attention ! l'acteur qui joue Scapin ne frappe pas réellement l'acteur qui joue Géronte : entraînez-vous à la simulation de coups.

• Distinguez Scapin du personnage qu'il joue : changez de voix et d'accent.

La farce, hier et aujourd'hui

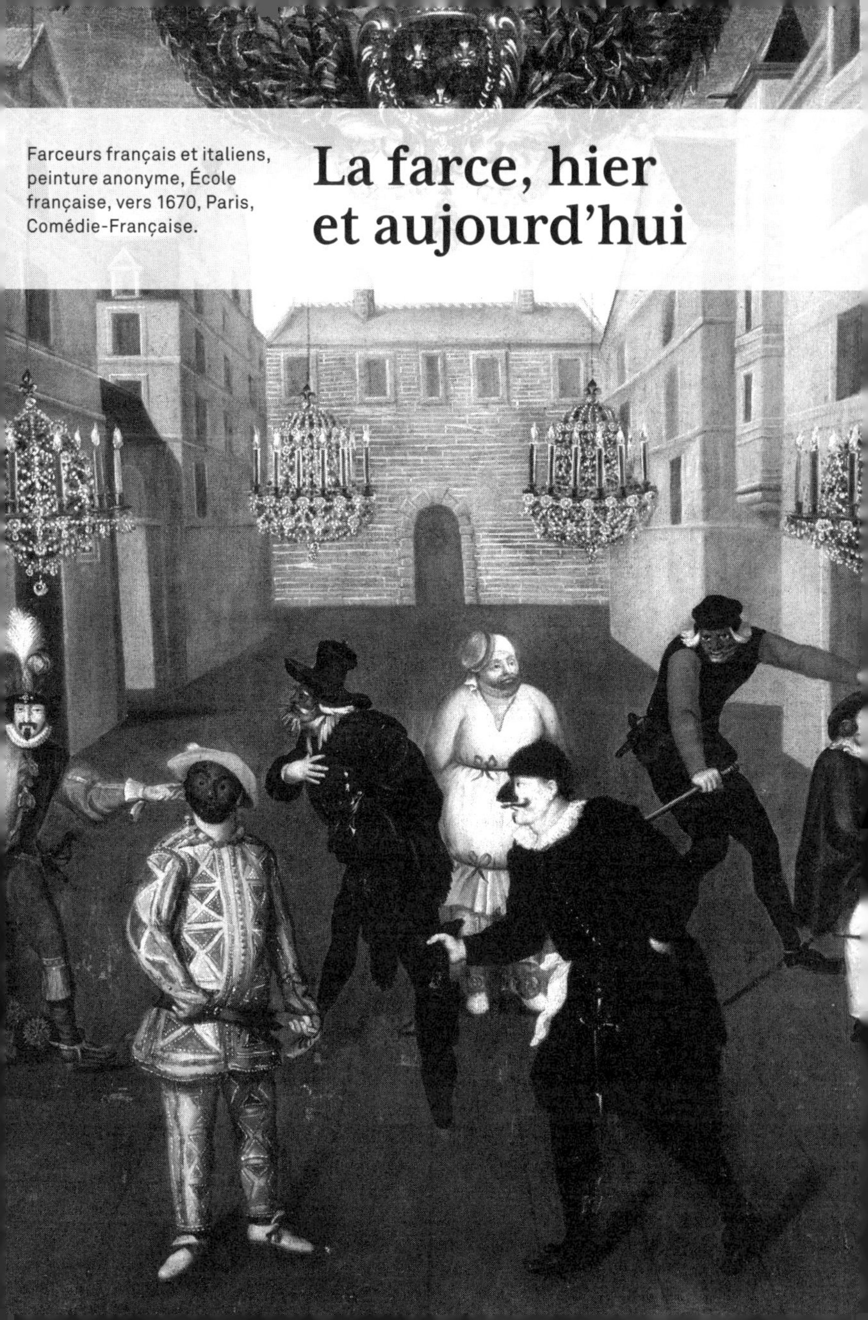

Farceurs français et italiens, peinture anonyme, École française, vers 1670, Paris, Comédie-Française.

TEXTE 1 ANONYME

La Farce de Maître Mimin

La scène se passe au XVe siècle, dans une petite ville. Maître Mimin doit être présenté à sa fiancée Jacqueline, fille de Raoul Machue. Mais Mimin a trop bien écouté les leçons de son professeur, le magister[1] *Maître Aliboron : il ne sait plus parler un mot de français ! Ses parents, Raulet et Lubine, sont désespérés et tentent par tous les moyens de l'aider à retrouver sa langue maternelle.*

Raulet, Raoul Machue, Lubine *et* Jacqueline [...] *sortent successivement de la maison.*

RAULET, *sortant le premier pendant les dernières paroles de Maître Aliboron le magister.*

En quel état l'a mis l'étude !

LUBINE

Sa voix a pris un accent rude...
Il m'a fait frémir en parlant...
Je ne m'approche qu'en tremblant.

RAOUL MACHUE,
à Jacqueline qui veut s'élancer vers Mimin.

Prenez, ma fille, un air plus sage,
Tenez-vous droite du corsage[2]
Et baissez les yeux.

1. Magister : maître.

2. Tenez-vous droite du corsage : redressez-vous.

JACQUELINE, *obéissant et minaudant en baissant les yeux.*

Et baissez les yeux. Est-ce bien ?

RAOUL MACHUE

Encor !

JACQUELINE

Encor ! Je ne verrai plus rien
Si je les ferme.

RAULET, *saluant maître Aliboron.*

Si je les ferme. Pardon, Maître,
Vous devez bien nous reconnaître…
Je suis le père de Mimin,
Et d'abord serrons-nous la main.

Maître Aliboron, en voulant tendre la main, laisse tomber son gros livre.

LUBINE, *avec révérence.*

Salut, magister, Dieu vous garde !

JACQUELINE

De l'entendre encore il me tarde.

LE MAGISTER, *à Mimin.*

Dis-donc bonjour à tes parents.
Mais en leur présence reprends
Notre idiome[3] populaire,
Parle-leur en langue vulgaire[4]…

(Avec dédain.)

En français.

3. Idiome : langue.
4. En langue vulgaire : en français (les gens cultivés parlent en latin).

MIMIN

En français. *Salve, Domine.*

LE MAGISTER

Pas en latin !

MIMIN

Pas en latin ! *Bene, bene !*
Ego franchoison non scia,
Perus, merus, Raoul Machua,
Filla, douchetus poupinis,
Donare a mariaris
Saluare compagnia.

RAULET

Nous n'entendons[5] rien à cela.

LE MAGISTER

Il vous donne la bienvenue.

LUBINE

Cette langue m'est inconnue.

MIMIN

Perus, merus, Raoul Machua,
Filla, douchetus poupinis...

LUBINE

Parlez français.

MIMIN

Parlez français. *Quia ? quia ?*
Ego parlare latina.

5. **Entendons :** comprenons.

JACQUELINE

Mon père, ai-je le droit de rire ?
J'étouffe !...

RAULET, *considérant le gros livre de Mimin.*

J'étouffe !... En ce livre il peut lire ?
Il est donc vraiment bien savant ?

LUBINE

Oui, mais il est plus sot qu'avant.

MIMIN

Perus, merus, Raoul Machua,
Filla, douchetus poupinis,
Donare a mariaris,
Saluare compagnia.

LE MAGISTER, *d'un air satisfait.*

J'ai lieu d'en être satisfait.
Voyez de l'étude l'effet[6].
Je me suis donné de la peine,
Mais j'en ai recueilli l'aubaine[7],
Et si je le garde avec moi
Encore cinq ou six ans, ma foi...

RAULET et **LUBINE**

Nous venons pour vous le reprendre.

LE MAGISTER

Que voulez-vous me faire entendre[8] ?
Si tôt le ravir[9] à mes soins ?

---

6. Voyez de l'étude l'effet : voyez les résultats de ses études.
7. L'aubaine : l'avantage.
8. Entendre : comprendre.
9. Ravir : enlever.

Vous me le renverrez du moins,
Car je veux aussi qu'il connaisse
La belle langue de la Grèce.
Dans six mois il parlera grec !

LUBINE, *impatientée.*

On ne peut lui fermer le bec.

RAULET, *au magister.*

Eh ! non ! Ce n'est pas ce langage
Que je voudrais !

LE MAGISTER

Que je voudrais ! L'hébreu, je gage[10] ?
Je lui montrerai donc l'hébreu
Après le grec… Même, s'il veut…

RAULET

Non ! Je voudrais, ne vous déplaise,
Qu'il parlât en langue française.
Le latin, le grec et l'hébreu
Sont langues que l'on parle peu.
Nous voulons qu'il quitte l'étude.
Il a mis une ardeur si rude
À ses travaux que maintenant
Il nous navre !

LE MAGISTER

Il nous navre ! C'est surprenant
Comme les parents sont stupides !
Il faisait des progrès rapides,
Et maintenant vous vous plaignez.

10. **Je gage** : je parie.

LUBINE

Sans doute ! Trop bien vous gagnez
Votre salaire ! Vos férules[11]
Rendent nos enfants ridicules !
Mais nous le gardons à présent,
Car son savoir est suffisant.
Nous allons l'emmener sur l'heure
Pour qu'il rentre en notre demeure.
Mais faites-le parler français !

RAULET

Maître Aliboron n'en peut mais[12],
Il a fait du mieux sa besogne.
Il n'en peut avoir de vergogne[13] !

MIMIN

Appressatis carismedes
Donare ei mercedes.

RAOUL MACHUE

Maître Aliboron n'en peut mais !

LUBINE, *à Mimin.*

Parleras-tu français jamais ?
Son silence me désespère.
Dis au moins bonjour à ta mère !

JACQUELINE

Maître Aliboron n'en peut mais !
Il a fait du mieux sa besogne,
Il n'en peut avoir de vergogne.

---

11. Férules : palettes en bois ou en cuir avec lesquelles on frappe la main des écoliers en faute.

12. N'en peut mais : n'y peut rien.

13. Vergogne : honte.

LUBINE, *à Mimin, montrant Jacqueline.*

Dis-lui quelque mot gracieux,
Regarde donc ses jolis yeux !

MIMIN, *embrassant Jacqueline.*

Embrassare Jacquelina
Nam ad amores inclina
Maître Miminus amitus
Sa fama tantôt maritus
habere petit enfanton.

LUBINE

À son langage comprend-on
Deux mots sensés ?

JACQUELINE

Deux mots sensés ? Il me fait rire.

RAOUL MACHUE

Magister, que veut-il nous dire ?

LE MAGISTER

Ce sont des propos amoureux !
Il dit qu'il sera bien heureux
D'être époux de Mademoiselle,
Qu'il la trouve charmante et belle
Et désire avoir un enfant
Aussi charmant !

LUBINE

Aussi charmant ! Qu'il est galant,
Malgré sa face de carême[14].
Il songe à son amour, quand même !

14. Sa face de carême : visage maigre, triste, pâle.

RAULET

Dame ! Il est le fils de Raulet.
Quand j'avais son âge, il fallait
Me voir ! Lubine, il me ressemble.
Te souviens-tu jadis qu'ensemble...

LUBINE, *haussant les épaules.*

Il s'agit bien du temps jadis !
Je cherche un remède, tandis
Que vous devisez de la sorte.

RAULET, *au magister.*

Eh bien ! Maître, je vous exhorte[15]
À rester dans notre maison
Jusqu'à ce qu'il ait sa raison.
Vos conseils peuvent être utiles.

LUBINE

Ce sont beaux préceptes futiles[16] !
Mais vous pouvez rester ici,
Car vous avez mis à merci[17]
Notre pauvre enfant ! C'est justice
De le guérir du maléfice
Qu'ont produit vos belles leçons !

RAULET

Essayons donc par des chansons
S'il ne changerait de langage.
Les sansonnets, qu'on met en cage,

---

15. Je vous exhorte : je vous engage à.
16. Ce sont beaux préceptes futiles : ce sont de belles leçons inutiles.
17. Vous avez mis à merci : vous avez anéanti.

Apprennent à chanter ainsi…
Faisons chanter cet oiseau-ci.

RAULET, *chantant.*

C'est la treille[18] de mon grand-père
Qui m'a tenu lieu de berceau !
Aussi n'est-ce pas au ruisseau
Que jamais je me désaltère !
Je bois toujours sec et du bon
À la santé de Jeanneton[19].

MIMIN, *sur le même air.*

Embrassare Jacquelina
Nam ad amores inclina.
Maître Miminus amitus
Sa fama tantôt maritus
Habere petit enfanton. (bis)

RAULET, *désespéré.*

Si je le frappais d'un bâton,
Il crierait en français sans doute !

JACQUELINE

Ciel ! Y songez-vous ?

La Farce de Maître Mimin, scène 4
in *Anthologie du théâtre français du Moyen Âge*,
vol. 1, textes du XVe siècle arrangés en français moderne
par G. Gassies, Ed. Delagrave, 1934.

---

18. Treille : vigne.
19. À la santé de Jeanneton : le texte n'indique pas de chanson, mais : « Il chante quelque chanson à plaisir. » Pour rendre la représentation possible, nous en donnons une, qu'on chantera sur un vieil air.

QUESTIONS SUR LE TEXTE 1

AI-JE BIEN LU ?

1 Qui sont les personnages en présence ? Qui sont-ils les uns par rapport aux autres ?

2 Pourquoi Mimin ne parle-t-il que latin ?

3 Quels reproches les parents font-ils au Magister (v. 1 à 77) ?

4 Que souhaitent-ils désormais pour leur fils ?

J'ANALYSE LE TEXTE

La forme du texte

5 **a.** En quoi ce texte est-il un texte de théâtre ?

b. Les répliques sont-elles en vers ou en prose ?

Le comique de farce

— Le comique de situation

6 Retrouvez les lignes qui correspondent à chacune des situations suivantes :

– les parents parlent du temps jadis	**a.** lignes 26 à 142
– les parents insistent auprès du Magister	**b.** lignes 78 et 85
– la situation est bloquée	**c.** lignes 108 à 111
– les parents se disputent	**d.** lignes 112 à 114

7 **a.** Quels moyens les parents imaginent-ils successivement pour guérir leur fils ?

b. Que pensez-vous de la dernière solution envisagée ?

— Le comique de mots

8 Le latin de Mimin est un latin de théâtre.

a. Repérez au moins cinq mots qui ne sont qu'une déformation du français.

b. Dans quelle scène de l'acte III des *Fourberies de Scapin*, Scapin déforme-t-il la langue française ?

c. Dans les deux cas, pourquoi le spectateur rit-il ?

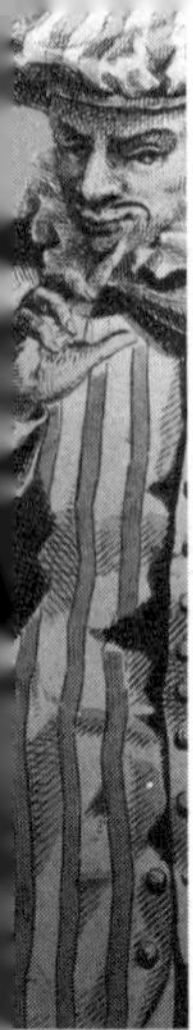

— Le paradoxe

9 **a.** Expliquez le paradoxe (voir la définition p. 106)
b. Retrouvez dans l'acte III sc. 1 un paradoxe de Scapin sur l'amour.

— La satire

10 Dans cette scène, l'auteur dénonce l'enseignement des langues anciennes (le latin, le grec et l'hébreu), tandis que dans *Les Fourberies de Scapin* (II, 5), Molière critique la justice : pourquoi la satire est-elle un moyen très adroit d'exprimer son désaccord ? (Sélectionnez la bonne réponse.)
– Parce qu'elle utilise la moquerie pour transmettre des idées.
– Parce qu'elle est violente.

— L'ironie

11 **a.** Que critique Lubine dans « Vos belles leçons » (v. 124) ?
b. En quoi cette expression est-elle ironique ?
c. Quel type d'enseignement l'auteur dénonce-t-il ?

Le comique de caractère

12 Par quels aspects le maître est-il un personnage comique ? (Examinez ses réactions et ses idées.)

Le rire d'un personnage

13 Qu'exprime le rire de Jacqueline ? Quel effet produit-il sur les autres personnages ? et sur les spectateurs ?
14 Quel trait commun partagent Jacqueline et le personnage de Zerbinette des *Fourberies de Scapin* (III, 3) ?

J'ÉTUDIE LA LANGUE

Le mot *magister*

15 *Magister* signifie en latin « maître d'école ». Donnez les définitions des mots et expressions suivants : **a.** magistrat. **b.** un ton magistral. **c.** un maître de maison. **d.** la pièce maîtresse d'une collection. **e.** maîtriser une situation.

TEXTE 2 LESAGE

Arlequin, roi des Ogres

La scène se passe dans une île habitée par des ogres. Le décor représente une île, des rochers et des arbres. À l'horizon, une mer agitée. Arlequin, accroché à une planche, essaye de sortir de l'eau.

Scène 1

ARLEQUIN, *seul.*

Il prend terre[1] *; et après s'être secoué comme un barbet*[2] *qui sort de l'eau, il dit :*

Grâce au ciel, me voici échappé du naufrage. J'ai été plus heureux que mon ami Scaramouche, qui aura sans doute été englouti dans les flots. Mais que dis-je ? plus heureux ! je suis peut-être dans une île déserte, où je vais périr par la faim, si quelque bête féroce ne la prévient pas en me dévorant. *(Il regarde avec inquiétude de tous côtés.)* Hoïmé ! Il me semble que j'en vois là-bas courir quelques-unes. *(Il jette les yeux sur une peau de chat sauvage qui est étendue sur un arbrisseau, ce qui lui fait faire quelques pas en arrière.)* Ahi ! ahi ! ahi ! Qu'est-ce que c'est que cela ? Voyons un peu. *(Il se rapproche en tremblant, prend la peau et l'examine.)* Je crois que c'est la peau d'un tigre ou d'un chat sauvage. Parbleu ! cela m'inspire une bonne idée. J'ai envie de me couvrir de cette peau. Les animaux me prendront pour un animal ; et comme ce ne sont pas des hommes, ils respecteront leur semblable. *(Il se couvre de la peau.)*

---

1. Il prend terre : il aborde sur le rivage.

2. Barbet : chien à poil long et frisé.

Scène 2

ARLEQUIN, UN CHAT SAUVAGE.

À peine Arlequin s'est-il revêtu de sa peau, qu'il voit descendre du haut d'un rocher un gros chat sauvage, qui l'apercevant aussi, vient vers lui.

ARLEQUIN, *effrayé*. – O poveretto mi[3] !

LE CHAT. – Miaou, miaou, miaou.

ARLEQUIN, *bas*. – Il faut que je le flatte. *(Il va au-devant du chat et lui dit d'une voix caressante)* Mini, mini, mini.

LE CHAT, *caressant Arlequin*. – Miaou, miaou.

ARLEQUIN. – Ah ! morbleu, c'est apparemment une chatte en chaleur qui me prend pour son mâle. *(Haut)* Vous vous adressez mal, ma pauvre minette.

Le chat flaire Arlequin, qui le flatte en lui passant la main sur la tête et sur le dos. La bête dresse la queue comme font les chats en pareille occasion. Elle fait ensuite quelques cabrioles qu'Arlequin imite. Après quoi ils grimpent tous deux sur un grand arbre, où ils font plusieurs tours de passe-passe[4].

Scène 3

ARLEQUIN, LE CHAT, ADARIO, SASTARETSI,
Ogres armés de fusils.

ADARIO, *à demi-voix*. – Le chat sauvage que nous poursuivons doit être ici.

LE CHAT. – Miaou, miaou.

3. O poveretto mi : « Oh ! pauvre de moi ! » (en italien).
4. Tours de passe-passe : tours d'adresse des jongleurs.

Sastaretsi, *bas*. – Je l'entends.

Adario. – En voilà deux. Tire sur celui qui est le plus élevé, moi je vais tuer l'autre.

Les deux ogres couchent en joue[5] l'un le chat, l'autre Arlequin.

Arlequin, *les apercevant*. – Attendez, attendez. Ne tirez point.

Sastaretsi. – Quel prodige ! des chats qui parlent !

Adario. – Ne tirons pas.

Arlequin descend de l'arbre, et vient caresser les ogres, le chat saute à terre et se sauve.

Scène 4

Arlequin, Adario, Sastaretsi.

Adario. – L'aimable bête ! elle est tout apprivoisée.

Sastaretsi. – Parbleu, voilà un joli animal !

Arlequin, *se dressant sur ses jambes*. – Animal vous-mêmes. Apprenez que je ne suis chat que par bénéfice d'inventaire[6].

Adario. – Ah ! c'est un homme !

Arlequin. – Dame oui, je suis homme et homme de rude appétit.

Sastaretsi. – Qui êtes-vous ? D'où venez-vous ? et par quelle aventure vous trouvez-vous dans notre île ?

---

5. Coucher en joue : viser avec une arme à feu.
6. Par bénéfice d'inventaire : sous réserve de vérification.

ARLEQUIN. – Je m'appelle Arlequin, Chevalier d'industrie[7]. Je viens de Paris. J'en étais parti avec deux cents jeunes gens d'élite tant mâles que femelles que la police avait choisis avec prédilection pour aller fonder d'honnêtes familles au Mississippi[8]. On nous avait embarqués à la Rochelle ; et il y avait un mois que nous voguions à souhait, lorsqu'il s'est tout à coup élevé un vent de tous les cinq cent mille diables, *(il imite le sifflement du vent)* qui a renversé notre vaisseau cul par-dessus tête. Quand j'ai vu cela, j'ai vite empoigné une planche… *(Il se jette sur Adario et le serre étroitement.)*

ADARIO. – Ahi, ahi ! vous me faites mal.

ARLEQUIN. – Je vous demande pardon, Monsieur, c'est que j'avais peur de manquer la planche.

SASTARETSI. – Hé bien ?

ARLEQUIN. – Je me suis donc saisi de cette planche ; je me suis mis à califourchon dessus, et aussitôt me voilà à piquer des deux[9] : *(il imite un écuyer qui excite un cheval à galoper)*, cette chienne de monture faisait des courbettes comme un cheval de l'Académie, et avait un dos tranchant qui m'a tout écorché certain endroit…

ADARIO, *riant.* – Ha, ha, ha !

SASTARETSI, *riant aussi.* – Hé, hé, hé, hé !

---

7. **Chevalier d'industrie :** escroc, individu qui vit de moyens plus ou moins honnêtes.
8. **Fonder d'honnêtes familles au Mississippi :** à cette époque, les voleurs et les criminels étaient déportés en Amérique. Ils devaient fonder des familles pour peupler les territoires français du Nouveau Monde.
9. **Piquer des deux :** m'élancer à cheval.

Arlequin. – Ho, ho, ho, ho ! Vous n'y êtes pas ! Ma plus grande peine a été de me défendre contre des monstres marins qui sont venus m'insulter sur ma route. Je voyais de gros merlans qui me voulaient manger les jambes ; mais à grands coups de batte[10] je vous les coupais en deux : paf, paf ! *(En même temps il donne des coups de batte sur l'estomac des Ogres.)*

Adario. – Tout beau, tout beau !

Sastaretsi. – Doucement, s'il vous plaît ! je ne suis pas un merlan.

Arlequin. – Excusez, messieurs, je croyais y être encore. Enfin, après avoir lutté plus de vingt-quatre heures contre la mer et les poissons, j'ai pris terre en cet endroit, où j'ai trouvé cette peau que j'ai endossée, pour me mettre à couvert de la dent meurtrière des bêtes.

Adario. – Nous sommes ravis, Seigneur Arlequin, que vous soyez hors de péril.

Arlequin. – J'ai satisfait votre curiosité, je vous prie de contenter la mienne. Dans quel pays suis-je ici ?

Adario. – Dans le royaume d'Ogrélie. Et vous ne pouviez y arriver plus à propos.

Arlequin. – Pourquoi cela ?

Adario. – Je vais vous le dire. Nous avons perdu notre roi. Les principaux de la nation se sont disputés la couronne, et pour les accorder et pour prévenir une guerre civile,

10. **Batte :** ici, peut-être une rame.

il a été arrêté[11] dans une assemblée du peuple, que l'on mettrait sur le trône le premier étranger qui aborderait ici, par conséquent, c'est vous qui devez être notre roi.

Arlequin. – Oui da. Prenons toujours cela, en attendant mieux.

Adario, *à Sastaretsi.* – Sastaretsi, courez vite aux cabanes. Publiez que nous avons un étranger, et que chacun se prépare à le recevoir.

Arlequin. – Ne perdez point de temps.

Sastaretsi sort.

Lesage, *Arlequin, roi des Ogres ou Les Bottes de sept lieues* (1720), in *Théâtre de foire au XVIIe siècle*, édition 10/18, 1983 (épuisé).

Evariste Gherardi (1663-1700) jouant le rôle d'Arlequin, XIXe siècle, gravure, Paris, Bibliothèque de l'Opéra Garnier.

11. **Arrêté :** décidé.

QUESTIONS SUR LE TEXTE 2

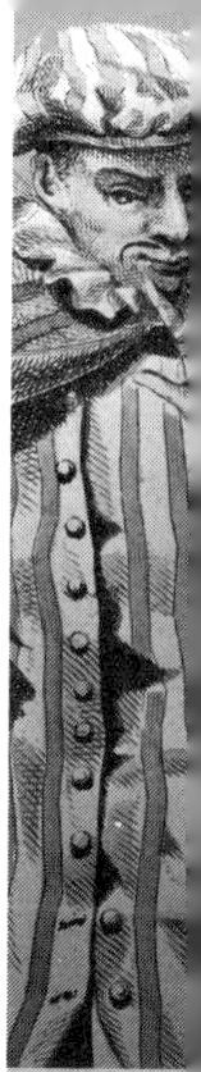

AI-JE BIEN LU ?

1. Dans quel lieu Arlequin a-t-il échoué ?
2. Quel déguisement revêt-il ?
3. Quels différents personnages rencontre-t-il ?
4. Pourquoi la pièce s'intitule-t-elle *Arlequin, roi des Ogres* ?

J'ANALYSE LE TEXTE

Le genre du texte

5 À quels genres littéraires cette farce fait-elle penser ? (Sélectionnez deux réponses et justifiez-les en faisant référence au texte.)
– Le roman d'aventure.
– Le roman policier.
– Le conte de fée.

Le comique de farce

— Le comique de situation et de gestes

6 Les passages cités ci-dessous appartiennent-ils au comique de situation, au comique de gestes ou aux deux comiques conjugués ?
– « Le chat flaire Arlequin [...] passe-passe. » (l. 30 à 34).
– « Quel prodige ! des chats qui parlent ! » (l. 44).
– « Il se jette sur Adario et le serre étroitement. » (l. 67-68).
– « Il imite un écuyer qui excite un cheval à galoper. » (l. 75-76).

— Le comique de mots

L'onomatopée est un mot qui imite un bruit (ex. : tic-tac).

7 **a.** Dans les scènes 1, 2 et 4, retrouvez les onomatopées et indiquez le bruit qu'elles traduisent.
b. Quel effet leur emploi produit-il ?

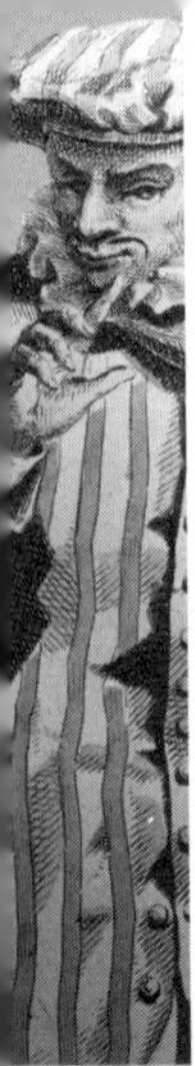

8 **a.** Par quel stratagème Arlequin projette-t-il de se tirer d'affaire (scène 1) ?
b. Relevez dans chacune des scènes 2 et 4 un passage montrant que la ruse d'Arlequin fonctionne à merveille.
c. Citez la réplique de la scène 4 par laquelle Arlequin se démasque.
d. Dans quelle scène des *Fourberies de Scapin* Molière utilise-t-il le déguisement comme procédé comique ?

— La satire

9 **a.** « O poveretto mi » (l. 22). Pourquoi Arlequin parle-t-il italien ?
b. Relevez les termes par lesquels Arlequin se présente : sur quel aspect de son personnage insiste-t-il ?

10 « Comme ce ne sont pas des hommes, ils respecteront leur semblable » (l. 17-18).
a. Quelle idée l'auteur se fait-il des hommes ? Que critique-t-il ?
b. Retrouvez la scène des *Fourberies de Scapin* dans laquelle Molière fait la satire de la justice. Pourquoi, dans les deux cas, le spectateur rit-il ?

POUR ALLER PLUS LOIN

11 Qui est Arlequin dans la commedia dell'arte ?

TEXTE 3 JEAN TARDIEU

Les Mots inutiles

Jean Tardieu (1903-1995) a construit son œuvre théâtrale sur l'invention verbale. Dans Les Mots inutiles, *les personnages introduisent au milieu de leurs phrases des mots sans lien avec le sujet. Le dialogue s'emballe et devient fou...*

Les personnages

LE PRÉSENTATEUR, *sans caractéristique spéciale. Doit articuler parfaitement.*
MONSIEUR PÉRÉMÈRE, *une soixantaine d'années. Vieux beau, l'air idiot et noble, très « distingué ».*
MADAME PÉRÉMÈRE, *une cinquantaine d'années. Prétentieuse, un peu gourde, l'air toujours effaré.*
DORA, *leur fille. Jeune, jolie, insolente et provocante.*
LE PRÉTENDANT, *pâle, tendre et tremblant.*

UNE VOIX OFF[1]

La scène se passe dans le salon d'un hôtel pour touristes élégants, à la campagne, pendant l'été.

Il est environ trois heures de l'après-midi, par une belle journée du mois d'août qui inonde de lumière le salon, malgré les stores baissés çà et là. Au lever du rideau, Madame Pérémère est assise, face au public, près d'une porte-fenêtre (à gauche) qui donne sur un jardin fleuri. Elle tricote. Un peu plus loin – également face au public –, Monsieur Pérémère est assis devant une petite table à jeu et fait une

1. **Voix off** : la voix d'une personne qui n'apparaît pas sur la scène.

« réussite ». Un silence, pendant lequel le Présentateur, d'abord caché sur l'avant-scène, s'avance discrètement et, mezza voce[2], *explique l'argument*[3].

LE PRÉSENTATEUR

Les paroles volent, dit-on, de bouche en bouche et d'oreille en oreille.

Elles vibrent, elles bourdonnent dans l'air comme des moustiques.

D'ailleurs, chaque tête, même la plus légère, n'est-elle pas comme un dictionnaire rempli de mots prêts à tourner à tous les vents ?

Écoutez bien et, à travers les paroles qu'échangent des personnes sensées, vous entendrez la danse absurde des mots inutiles.

Le présentateur disparaît.

MONSIEUR PÉRÉMÈRE,

à mi-voix, tout en disposant les cartes de sa réussite avec le plus grand sérieux.

Un dix de trèfle, une dame de cœur, un valet de pique, un chat de gouttière, une vache à lait... Voyons, voyons ! *(Réfléchissant.)* Je retourne encore celle-ci, œuf à la coque, gare de triage et voici l'as de carreau !... Diable !... Et toi, l'autre petite, dans le coin, ne vais-je pas te soulever, jupon, soutien-gorge et mandragore[4] ?

Allons, du courage ! Du courage à la vapeur, à la hussarde, ôte-toi de là que je m'y mette, crapaud-buffle, queue de rat !

2. **Mezza voce :** à mi-voix.
3. **L'argument :** le sujet qui va être développé.
4. **Mandragore :** plante dont la racine fourchue ressemble à une petite poupée.

Madame Pérémère,

sans lever les yeux et continuant à tricoter.

Vous êtes bien silencieux, Gustave ? Poil de carotte et riz caroline, vous n'êtes pas souffrant, j'espère ?

Monsieur Pérémère

Mais non, mon amie, chiendent[5], moleskine[6] ! *(Avec une nuance d'humeur.)* Crocodile, pistache, jujube[7], vous voyez bien que je fais une réussite !

Madame Pérémère

Bon, bon ! *(Avec un soupir :)* Mais vous savez, linon[8], téléphone et bretelle, combien votre silence me pèse, à la ville comme à la campagne. *(Comme en écho atténué :)* au chenil comme au poulailler, boule de gomme, sinapisme[9], aventure…

Monsieur Pérémère,

agacé, haussant les épaules et continuant sa réussite.

Depuis trente ans que vous le subissez, mon silence, Artaxerxès[10], plume de coq, poule au pot, vous vous y habituerez bien un jour.

Un court silence. Puis, chacun, continuant, l'un sa réussite, l'autre son tricot, se met à murmurer ou ronchonner des mots sans suite qui, pareils au vain crissement des insectes dans l'herbe, semblent symboliser la chaleur d'un après-midi d'été.

---

5. Chiendent : mauvaise herbe.
6. Moleskine : faux cuir.
7. Jujube : fruit.
8. Linon : tissu fin et transparent.
9. Sinapisme : préparation médicinale pâteuse à base de farine de moutarde.
10. Artaxerxès : nom de plusieurs rois des Perses.

MONSIEUR PÉRÉMÈRE,
comme encore en colère.

Grosse mère, pile ou face, je pose six et je retiens mouche ! Râteau, ficelle, boulet, la truite, bande de vauriens, si je vous tenais, va te faire lanlaire[11], fille de peu, propre à rien, fais tes malles et fiche-moi la paix…

MADAME PÉRÉMÈRE,
comme rongeant son frein.

J'aurais dû, tarte aux fraises, mais aussi, cinquante kilos, attends un peu, fils à papa, saltimbanque, billet de banque, compte en banque, rastaquouère[12], moustache en croc, croc-en-jambe, bilboquet[13], savon, locomotive, surprise, soupière…

Dora, en costume de plage, provocante et joyeuse, entre brusquement par la porte du fond.

DORA

Tiens, vous êtes là ? Vous dormiez, boules de suif ?

Monsieur et Madame Pérémère relèvent brusquement la tête, comme sortant d'un assoupissement.

MONSIEUR PÉRÉMÈRE

Mais non, bouteille !

MADAME PÉRÉMÈRE

Pas du tout, pois chiche !

---

11. Va te faire lanlaire : va au diable, va te faire voir (familier).
12. Rastaquouère : étranger vulgaire et nouveau-riche.
13. Bilboquet : jeu d'adresse en bois.

Dora

Je croyais, homard ! *(S'approchant :)* Vous ne venez pas un peu à la plage ? Vulcain[14], groseille, tyran, satin, miracle, il y fait bien meilleur qu'ici.

Madame Pérémère,
dédaigneusement.

Non, vois-tu, tout ce bruit, tous ces gens qui parlent à tort et à travers, sébile[15], astrakan[16], Canada, pour ne rien dire, pince à épiler, hors classe, rage de dents, corne de cerfs – cela me fatigue les oreilles.

Monsieur Pérémère,
sentencieux.

Ta mère a raison, pousse-caillou[17], rhume des foins, parlementaire. Il ne faut jamais, sucre de canne, patrouille, Trafalgar[18], parler pour ne rien dire !

Dora fait mine de s'en aller puis revient.
Elle paraît hésiter à dire quelque chose.

Dora,
se décidant.

Bon ! Alors, amusez-vous bien, tarte à la crème, aile de pigeon, poudre aux yeux... Vous recevrez peut-être une visite tout à l'heure...

Monsieur et Madame Pérémère ont paru ne pas entendre.

---

14. Vulcain : papillon rouge et noir.
15. Sébille : petite coupelle en bois.
16. Astrakan : fourrure bouclée d'agneau, de couleur grise ou noire.
17. Pousse-caillou : fantassin, soldat de l'armée de terre.
18. Trafalgar : célèbre victoire anglaise sur la flotte franco-espagnole en 1805.

Dora,
insistant.

Syphon, cascade, Armada[19], n'avez-vous pas entendu : j'ai dit que vous recevriez peut-être une visite, tout à l'heure…

Monsieur Pérémère,
désinvolte.

Ah !

Madame Pérémère,
l'air résigné.

Ah !

Dora,
l'air à la fois mystérieux et badin.

Je n'en dis pas plus : Crocus[20], populus, Antiochus[21].

Elle s'éloigne. Dès qu'elle a disparu, Monsieur et Madame Pérémère se penchent l'un vers l'autre et se parlent sur un rythme rapide, avec des airs conspirateurs.

Monsieur Pérémère

Encore un, tête de moule !

Madame Pérémère

Pourvu, casque à mèche, que ce soit le bon !

Monsieur Pérémère

Cette fois-ci, garde à vous, Waterloo[22], sabretache[23], nous saurons bien à qui nous avons affaire. Nous le questionnerons…

---

19. Armada : nom de la flotte de Philippe II d'Espagne vaincue par les Anglais en 1588.
20. Crocus : fleur printanière.
21. Antiochus : personnage de l'Antiquité, roi de Syrie.
22. Waterloo : défaite de Napoléon, battu par les Anglais le 18 juin 1815.
23. Sabretache : sac en cuir suspendu au ceinturon des cavaliers.

Madame Pérémère

Nous l'écouterons...

Monsieur Pérémère

Nous l'épierons, nous l'époussetterons, nous le mitraillerons...

Madame Pérémère

Nous le saupoudrerons, nous le tartinerons, nous l'entrelarderons...

Monsieur Pérémère

Il n'aura plus un poil de sec !

Peu à peu, ils s'échauffent et radotent furieusement avec une sorte de férocité croissante.

Madame Pérémère

Il n'aura plus de moelle au bec.

Monsieur Pérémère

On verra s'il a des kopecks[24].

Madame Pérémère

Des biftecks.

Monsieur Pérémère

Des biceps.

Madame Pérémère

Un forceps[25].

24. Kopecks : monnaie russe.
25. Forceps : grande pince, instrument de chirurgie.

MONSIEUR PÉRÉMÈRE

Un brick[24].

MADAME PÉRÉMÈRE

Une Buick.

MONSIEUR PÉRÉMÈRE

Des pics, des briques.

MADAME PÉRÉMÈRE

Des clous, des choux.

MONSIEUR PÉRÉMÈRE

Des sapajous[25], des marlous[26], des Zoulous.

MADAME PÉRÉMÈRE

S'il est pauvre, on le tue.

MONSIEUR PÉRÉMÈRE

S'il n'est pas duc, on le butte.

Jean Tardieu, « Les Mots inutiles »,
in *Le professeur Froeppel*, © Éditions Gallimard, 1978.

24. Brick : voilier à deux mâts.
25. Sapajous : petits singes.
26. Marlous : proxénètes, hommes qui font travailler des prostituées (familier).

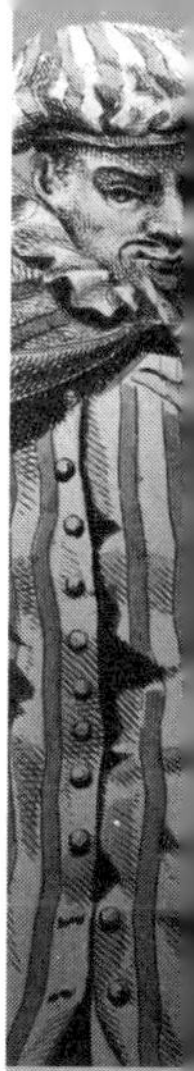

QUESTIONS SUR LE TEXTE 3

AI-JE BIEN LU ?

1 Dans quel lieu la scène se déroule-t-elle ?

2 **a.** Qui sont les deux personnages présents tout au long de la scène ? À quel milieu social appartiennent-ils ?
b. Que font-ils ?

3 Que vient leur annoncer leur fille ?

4 **a.** Que veulent-ils savoir sur le garçon qu'elle fréquente ?
b. Qu'envisagent-ils de faire pour le faire parler ?
c. Semblent-ils l'aimer ?

5 **a.** Quel est le rôle du présentateur ?
b. En quoi consiste « la danse absurde des mots inutiles » (l. 20-21) dont il parle ?
c. Ces mots inutiles gênent-ils le bon déroulement du dialogue ?

J'ANALYSE LE TEXTE

Le comique de farce

— Le comique de mots

6 **a.** Montrez, en citant des exemples, que les mots inutiles appartiennent à des classes variées (nom commun, nom propre, nom composé, groupe de mots...) et à des niveaux de langue différents (familier, courant, soutenu).
b. Quel effet ce mélange produit-il dans la bouche des personnages?

7 Le calembour

> Un **calembour** est un jeu de mots fondé sur les sonorités.
> Ex. : *l'amer Michel* pour *la mère Michel.*

Sur quel calembour le nom de famille des personnages est-il construit ?

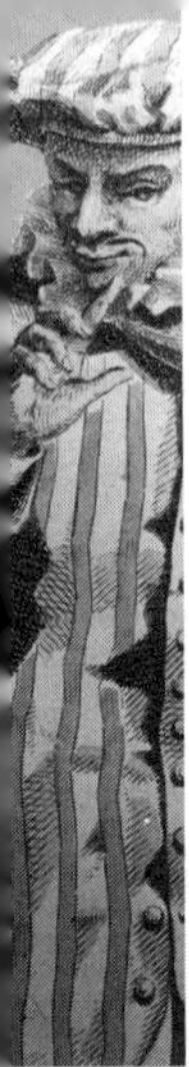

❽ L'homophonie

> L'**homophonie** (du grec *homos* , semblable et *phonê*, voix, son) est une identité de sonorités. Ex : Des biftecks / Des biceps (l. 116-117), ici l'homophonie porte sur la syllabe initiale.

a. Sur quelles homophonies ces répliques sont-elles construites ?
– « crocus, populus, antiochus » (l. 97).
– « nous l'épierons, nous l'épousseterons, nous le mitraillerons... » (l. 107-108).
– « nous le saupoudrerons, nous le tartinerons, nous l'entrelarderons... » (l. 109-110).
b. À quel champ lexical les trois derniers termes appartiennent-ils ?

❾ « S'il est pauvre, on le tue. / S'il n'est pas duc, on le butte. » (l. 124-125). Quelle remarque faites-vous sur la construction et les sonorités de ces deux répliques ?

— La satire

❿ Relisez les lignes 19 à 21 : que semble dire le présentateur à propos des échanges de paroles entre humains ?

⓫ Montrez que, derrière le jeu comique avec le langage, se dévoilent les relations entre les personnages. Appuyez-vous par exemple sur les termes « grosse mère » (l. 53), « boulet », « bande de vauriens » (l. 54), « va te faire lanlaire, fille de peu » (l. 55), « moustache en croc » (l. 60-61), « pois chiche » (l. 69), « homard » (l. 70), « poudre aux yeux » (l. 86) ... : qui les prononce ? À qui pourraient-ils s'appliquer ?

⓬ Relisez les lignes 112 à la fin. Quel est état d'esprit des parents ? Comment cet état d'esprit se traduit-il dans leur langage ?

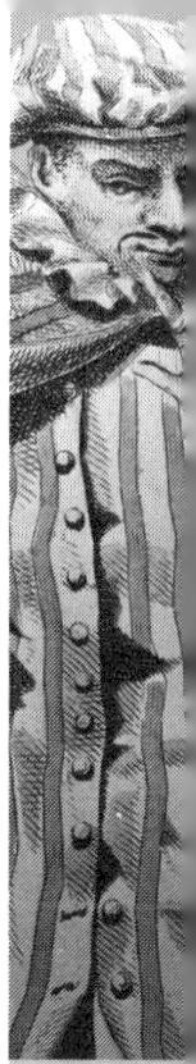

JE CRÉE UNE MISE EN SCÈNE

⓭ **a.** Jouez dans un premier temps la scène, livre en main, en supprimant tous « les mots inutiles ». Munissez-vous de quelques accessoires (jeu de cartes notamment).

b. Dans un deuxième temps, jouez la scène, toujours livre en main, en y ajoutant « les mots inutiles ».

c. Quelle version préférez-vous ? Pourquoi ?

J'ÉCRIS

Écrire une suite

⓮ « Vous recevrez peut-être une visite tout à l'heure » (l. 86-87) Imaginez la scène qui suit : l'arrivée du jeune homme.

CONSIGNES D'ÉCRITURE
- Trouvez lui un nom expressif.
- Les parents lui posent des questions sur lui-même; la jeune fille peut intervenir dans le dialogue.
- Faites des répliques courtes, à la manière de Tardieu ; vous pouvez ajouter des didascalies.
- Introduisez bien sûr des « mots inutiles ».
- Respectez les règles de présentation du dialogue théâtral.

Les troupes de théâtre au XVIIe siècle : naissance d'une tradition

À partir de 1630, le théâtre en France devient un art respectable, encouragé par le pouvoir. Longtemps considéré comme immoral, l'art dramatique vient désormais enrichir la vie culturelle française grâce aux œuvres de grands auteurs qui en établissent les règles. Installées dans des salles destinées à l'art du spectacle, les troupes de théâtre composées de comédiens professionnels séduisent un public élargi, toutes classes confondues. Elles établissent une tradition qui dure encore aujourd'hui.

1. Troupes ambulantes et théâtre de tréteaux

— Les arts du spectacle

Depuis le Moyen-Âge, les arts du spectacle séduisent le petit peuple de France. Déambulant dans les foires installées périodiquement dans le royaume, les promeneurs rient aux pitreries des amuseurs publics et se régalent d'attractions en tout genre. Des artistes aux talents variés (montreurs d'ours, magiciens, jongleurs, funambules, acrobates) se mettent en scène et exécutent des tours de force impressionnants.

— Le théâtre de la foire

Les foires accueillent volontiers les troupes de théâtre ambulantes, comédiens professionnels, habitués à parcourir le royaume dans leurs roulottes bringuebalantes où sont accrochés les décors et les costumes. Ils arrivent à l'improviste dans les villes et construisent leur scène à l'aide de planches et de tréteaux sur la place publique, dans une ferme, parfois chez un noble qui leur ouvre son palais ou

son château. Devant des spectateurs bruyants et impatients, ils jouent des histoires d'amour romanesques ou des farces dans la pure tradition des fabliaux. Jusqu'à la fin du XVIIe siècle, on compte en France entre douze et quinze troupes ambulantes officielles. La plus célèbre est celle de Molière, baptisée « Illustre-Théâtre » (voir p. 6), qui reçoit le soutien du prince de Conti, troisième personnage de l'État.

Marco Marcola (1740-1793), *La commedia dell'arte à Vérone*, 1772, huile sur toile.

2. Troupes parisiennes et théâtres officiels

Louis XIV est pour beaucoup dans le prestige de l'art dramatique au XVIIe siècle. Ce roi artiste qui adore mettre en scène sa puissance à travers des fêtes somptueuses où se mêlent musique, feux d'artifices et ballets, a une passion pour le théâtre. Durant la première partie de son règne, qui marque l'apogée du théâtre classique, il encourage la création et en contrôle tous les aspects : c'est lui qui décide du sort des troupes, lui qui distribue les salles, lui qui entraîne toute la cour au spectacle.
Conformément à sa volonté, trois troupes françaises, dont celle de Molière et une troupe étrangère – celle des comédiens italiens –, se partagent Paris. Elles sont permanentes.

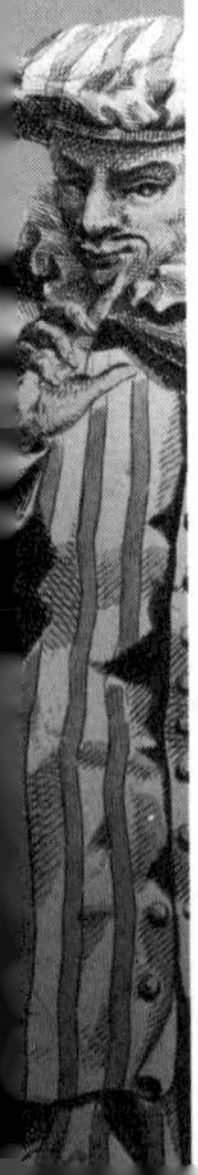

— La Troupe Royale à l'Hôtel de Bourgogne

Bénéficiant d'une subvention royale, la troupe des Comédiens du roi est logée à l'Hôtel de Bourgogne, qui compte presque 900 sièges au milieu du XVIIe siècle. Tous les auteurs dramatiques de l'époque veulent voir leurs pièces jouées par les Comédiens du roi : leur répertoire se renouvelle donc en permanence, et ils proposent aussi bien des farces que les grandes tragédies classiques des auteurs à la mode (Corneille et Racine).

— La troupe du Marais au théâtre du Marais

En 1635, une troupe rivale, autorisée dès 1729 par le ministre Richelieu, vient loger au Théâtre du Marais, en plein cœur de Paris. Grâce à Montdory, acteur fétiche et remarquable interprète, elle fait pendant quinze ans une concurrence sérieuse à la troupe royale. C'est par exemple au Marais que sera joué pour la première fois *Le Cid* de Corneille en 1637. Hélas, en 1644, le théâtre est détruit par un incendie. Reconstruit, il proposera des pièces à machines dont les effets spectaculaires séduiront pour un temps le public. Mais en 1673, il finira par fermer ses portes sans jamais avoir réussi à dominer la scène parisienne.

— La troupe de Molière au Palais-Royal

Arrivée à Paris en 1658, la troupe de Molière apporte un vent de fraîcheur à l'art dramatique. Auteur, comédien, metteur en scène atypique et d'une liberté incroyable, Molière donne à la comédie un répertoire unique qui marquera l'histoire du théâtre. Il obtient rapidement la faveur de Louis XIV, qui lui verse une belle pension, l'installe dès 1660 dans la superbe salle rénovée du Palais-Royal, et accorde à sa troupe le titre enviable de « Troupe du roi » en 1665.

Les comédiens italiens

Les Fourberies de Scapin de Molière, mise en scène de Jérôme Jalabert, compagnie théâtrale de l'Esquisse, 2000.

Sous la direction de l'acteur Scaramouche, la troupe des comédiens italiens assure la consécration de la commedia dell'arte à Paris (voir p. 8). Mêlant théâtre, danse, chant, mime et acrobatie, ce genre comique né en Italie jouit d'une grande popularité au XVIIe siècle et sera source d'inspiration pour de nombreux auteurs dramatiques français. Sur scène, les acteurs de la commedia dell'arte portent des masques. Guidés par un scénario assez lâche, ils improvisent avec génie des dialogues comiques. À partir de 1660, ils se produisent dans la salle du Palais-Royal, en alternance avec la troupe de Molière.

3. Le regroupement des troupes : les Comédiens-Français

Portées à la fois par le goût d'un large public et par les incitations royales, les troupes se jalousent et se copient. Les rivalités s'expriment de mille manières : on débauche des acteurs pour les rallier à un autre théâtre, on lance des cabales pour assommer le concurrent, on répand des rumeurs pour faire tomber une pièce... Mais la concurrence peut aussi se révéler stimulante ! Si la troupe du Marais ne résiste pas à sa rivale, l'indétrônable troupe de l'hôtel de Bourgogne, Molière au contraire profite du succès de la comédie italienne

et s'inspire de sa liberté de ton, de l'inventivité des mises en scène et du jeu si expressif des comédiens.
C'est dans ce contexte agité que, sept ans après la mort de Molière, Louis XIV ordonne en 1680 la fusion des troupes parisiennes « pour rendre les représentations des comédies plus parfaites ». Ainsi naît la Comédie Française, installée au cœur du Palais Royal depuis 1799 et surnommée encore aujourd'hui la « Maison de Molière ».

4. Aller au théâtre au XVIIe siècle

— Un public bruyant

Aller au théâtre au XVIIe siècle est une expérience bien différente de ce que nous connaissons. Loin du silence religieux qui règne aujourd'hui dans les salles, les représentations ont lieu à l'époque dans une ambiance agitée et bruyante : le public rit aux éclats, et n'hésite pas à faire des commentaires sur les costumes, à encourager ou à insulter les comédiens, voire à participer à la pièce en criant des conseils aux personnages.

— Se donner en spectacle

En outre, si les spectateurs les plus modestes, au parterre (partie de la salle face à la scène), viennent pour être divertis, les nobles et les bourgeois se rendent aussi au théâtre pour se montrer. Sur le modèle italien, les salles sont construites en U, avec des loges qui se font face au lieu d'être orientées directement vers la scène. Chacun peut ainsi profiter de la pièce tout en se donnant soi-même en spectacle. Au parterre comme dans les loges, tout le monde est debout : seuls quelques spectateurs prestigieux peuvent s'asseoir et parader sur des chaises installées de chaque côté de la scène.

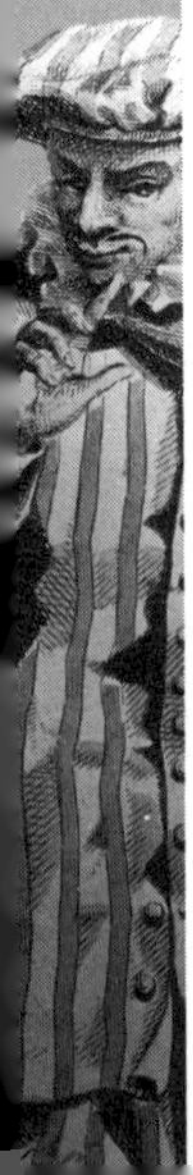

LES FOURBERIES DE SCAPIN, THÉÂTRE DE L'ESQUISSE

Vous trouverez une photographie de cette représentation en 2e de couverture de cet ouvrage.

LE JEU DES ACTEURS

1 Combien d'acteurs sont en scène ? Distinguez les jeunes des plus âgés, les femmes des hommes puis justifiez l'emploi de l'expression « troupe de théâtre ».

2 Expliquez la différence entre comédien et personnage.

3 Observez les regards, l'expression des visages, les gestes puis expliquez en quoi consiste le jeu d'un acteur.

MASQUES ET COSTUMES

> Les **masques** sont un élément essentiel de la commedia dell'arte : par les traits qu'ils affichent, ils annoncent le caractère des personnages. Souvent réalisés en carton bouilli peint et entoilé, ils ne couvrent pas toujours la bouche, qui doit pouvoir s'exprimer librement.

4 Combien de personnages portent un masque ? À votre avis, pourquoi les autres personnages ne sont-ils pas masqués ?

5 Quelle partie du visage les masques couvrent-ils ? Quelle expression affichent-ils et quelle personnalité dévoilent-ils ?

6 Comment le spectateur réagit-il devant les personnages masqués ? est-il intrigué, amusé, impressionné ? Justifiez votre avis.

7 Décrivez les costumes. À quelle époque renvoient-ils ?

UNE REPRÉSENTATION DES *FOURBERIES*

8 Par quels aspects le personnage situé au premier plan se distingue-t-il des personnages situés derrière lui?

9 Quels indices nous font deviner qu'il s'agit de Scapin ?

10 Distinguez les pères, les fils, les amoureuses et les valets.

Marco Marcola, *La commedia dell'arte à Vérone*

Vous trouverez la reproduction en couleurs de ce tableau en 3e de couverture de cet ouvrage.

UN THÉÂTRE EN PLEIN AIR

Au XVIIIe siècle, les peintres italiens **Marco Marcola** et **Gian Domenico Tiepolo** ont immortalisé sur leurs toiles les troupes d'acteurs et les personnages célèbres de la Commedia dell'arte. Grâce à leurs œuvres, nous pouvons nous représenter aujourd'hui ce théâtre si créatif et si vivant.

1. À quels indices voit-on que ce tableau représente un théâtre en plein air ?
2. Les acteurs et les spectateurs sont-ils à l'abri ? Qu'arrive-t-il s'il se met à pleuvoir ou si le soleil tape très fort ?
3. À quoi sert le rideau rouge qui encadre la scène ?

UNE TROUPE ITALIENNE

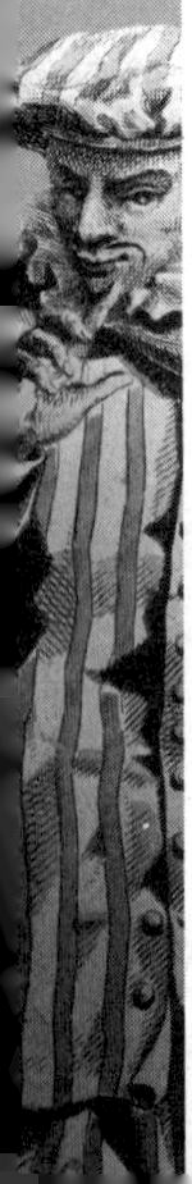

Personnage-clé de la commedia dell'arte, le valet **Arlequin** est reconnaissable à son costume composé de losanges multicolores. Il porte un masque noir (voir p. 164).

4. En quoi consiste le décor ? Dans quel cadre transporte-t-il les spectateurs ?
5. À quoi reconnaît-on ici une représentation de commedia dell'arte ?
6. Quel contraste observez-vous entre le personnage féminin et les autres personnages sur scène ?
7. Décrivez et commentez le couple formé par le personnage féminin et Arlequin : visages, costumes, attitude respective. Que peut-on en déduire sur la relation de ces deux personnages ?

UN PUBLIC DISSIPÉ

Parmi le public, on distingue quelques privilégiés, nobles et bourgeois confortablement installés dans des loges à proximité de la scène. À l'inverse, le parterre accueille des spectateurs assis ou debout.

8 Qui sont les spectateurs situés au même niveau que les acteurs ? Sont-ils attentifs à la pièce ? Décrivez leur attitude.

9 Montrez que le public venu voir les comédiens italiens est très mélangé. Distinguez notamment les spectateurs portant perruque et ceux qui portent un bonnet .

10 Comment se conduit le parterre ? Repérez les spectateurs les plus turbulents : que font-ils ?

11 D'après votre expérience, qui va au théâtre aujourd'hui ? Comment se comporte le public dans la salle ?

LA TROUPE ROYALE DES COMÉDIENS ITALIENS DE L'HÔTEL DE BOURGOGNE

Vous trouverez la reproduction de cette gravure en page 11.

UNE GRAVURE DE 1680

Dans la comédie italienne, les acteurs se confondent avec leur personnage. Le public connaît leur nom, leur rôle, leur costume et leur jeu comique. Parmi eux, on distingue **Mezzetin** (autre nom d'Arlequin), le valet aventurier qui est amoureux de Colombine, jeune servante effrontée.

1. Que représente ce document ?
2. Combien d'acteurs comptez-vous sur scène ? Relevez le nom des sept personnages centraux.
3. Observez les gestes de Colombine et de Mezzetin : quel objet brandit la jeune femme ? Quel danger Mezzetin cherche-t-il à éviter ?
4. Mezzetin est en chemise : où se trouvent son masque et sa veste ? À votre avis, que se passe-t-il entre ces deux personnages ?
5. Observez Scaramouche et Pasquarel : que font-ils ?
6. Quel genre d'atmosphère règne sur la scène ? Appuyez-vous sur des détails significatifs.
7. Comment la scène est-elle éclairée ? Quel danger représente ce type d'éclairage à l'époque ?

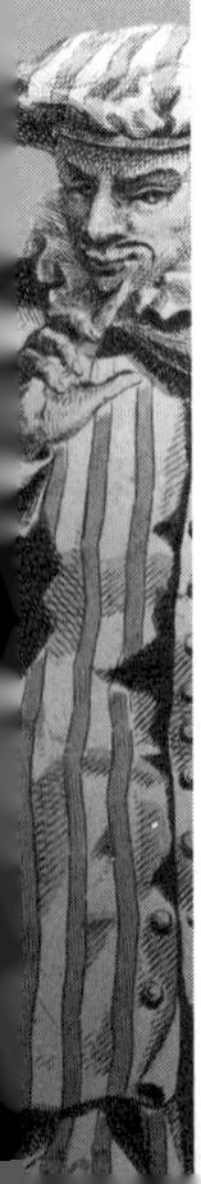

FARCEURS FRANÇAIS ET ITALIENS

Vous trouverez la reproduction de ce tableau en page 147.

UNE PEINTURE ANONYME, VERS 1670

> **Gros Guillaume** est un célèbre farceur adoré du public. Gros et ventru, il se ceinturait le corps sous la poitrine et au-dessous du nombril. Son visage était couvert de farine blanche.

1 De quand date ce tableau ? Que représente-t-il ? Où peut-on le voir ?

2 Décrivez le décor dans lequel se déroule la scène. Est-il original ou neutre ?

3 À quels indices reconnaît-on les comédiens italiens ? Identifiez Arlequin parmi eux.

4 Repérez Gros Guillaume. En quoi se distingue-t-il des autres personnages ? Pourquoi son apparence prête-t-elle à rire ?

5 Montrez la vivacité du jeu des acteurs en vous fondant sur les gestes et la position des personnages.

6 En vous fondant sur cette image, expliquez ce qu'est un « farceur ».

INDEX

Les notions

Les exercices sur la langue

Les exercices d'écriture

Les exercices de mise en scène

Pour aller plus loin

TABLE ICONOGRAPHIQUE

15 © Roger-Viollet
32 ph © Paris, BnF
45 ph © Vincent Pontet / WikiSpectacle
80 ph © Pascal Victor/ArtComArt
132 ph © Agence Enguerand / Bernand
141 ph © Marc Enguerand / Agence Enguerand / Bernand
147 ph © Josse/Leemage
164 ph © Bridgeman Images
181 ph © Compagnie théâtrale de l'Esquisse
6, 9, 11, 25, 54, 62, 96, 113, 179 : Coll. Archives Hatier

Iconographie : Hatier Illustrations
Graphisme : Mecano – Laurent Batard
Mise en page : Alinéa
Édition : Lisa Roche

PAPIER À BASE DE FIBRES CERTIFIÉES

Hatier s'engage pour l'environnement en réduisant l'empreinte carbone de ses livres. Celle de cet exemplaire est de :
500 g éq. CO_2
Rendez-vous sur www.hatier-durable.fr

Imprimé par Hérissey à Évreux (Eure) - France - N° 122751
Dépôt légal : 97849-4/01 - août 2014